三淵嘉子　日本初の女性弁護士

長尾　剛

朝日文庫

本書は書き下ろしです。また、本作品は史実を基にしておりますが、全編小説仕立てとなっております。そのため創作部分が含まれますことを、ご了承ください。

目次

三淵嘉子　日本初の女性弁護士

第一章　「戦後」の始まり

昭和二十年八月十五日。

わずかな国力にもかかわらず世界中を敵に回し、敵味方いずれにも甚大な被害を生みながら無理な戦争を続けていた日本が、ついに全面降伏した。大東亜戦争の終結である。

その終結より三カ月ほど前。

一人の若者が福島県の小さな村を訪れた。

汽車を乗り継ぎ、東京からやってきたのだ。

車内には、上等の着物を何枚も風呂敷包みにして背負った婦人が、何人か乗っていた。もんぺ姿ではあるが、いかにも山の手の上流階級の奥様然とした人たちである。品格がある。

「うまいこと、多くの米と替えてもらえればよいが……」

若者は、あわれむような眼《め》で彼女らを見つめた。

誰もが、農村の農民たちに、米との交換を頼むため、大切な着物を持ってきたのだ。だが、着物の価値の分からない農民には、大抵かなり安く見積もられ、わずかな米としか交換してもらえない。中には、この時とばかり、都会の住人を見下して散々恩着せがましく対応した挙げ句、わずかの米しか寄越《よこ》さない性悪の農民も、少なからずいた。

「姉様も、こんな惨めな想《おも》いをしているのだろうか……」

若者は、福島のこの地に疎開している姉に会うため、やってきたのだ。

駅を降りると、田畑ばかりが広がって閑散とし、これといって何もない長閑《のどか》な農村である。

初夏の穏やかな陽気。汽車を降りて駅前に立った若者は、その風景に、しばし呆然《ぼうぜん》とした。

「瓦礫《がれき》の山になっている帝都とは大違いだ」

この年の三月に米軍の大空襲で、東京は火の海となった。さらに、近代技術の粋を凝らした美しい煉瓦《れんが》造りの東京駅も、何発もの爆撃を食らい、無惨な姿に打ち壊された。

眼の前に、人の良さそうな老婦が通りかかった。若者はすぐさま声を掛けた。

「すみません。この村に疎開している和田《わだ》という人がどこに住んでいるのか、ご存じな何の警戒の色も見せないでしょうか」

「は……。和田さん？」

老婦は、いきなり見ず知らずの男から声を掛けられながらも、何の警戒の色も見せない。何と言うか「安心しきった顔」である。

「こういう土地か。日本にもまだ、こんな地があるのか」

東京は、空爆で廃墟となって以来、生き残った人々はその日その日を生きるのが精一杯で、知らぬ者同士は、互いにどこか刺々《とげとげ》しい。赤の他人とは、そうそう口も利かない。

空爆で死体となった〝物〟のそばを通っても、素知らぬ顔で通り過ぎる。死体が着ている服が、多少の焼け焦げがある程度で比較的まともだと、平然と死体から剝《は》ぎ取り、死体は放り捨て、黙ってその服を着ていく。

「どうせ次の空爆でおのれも死ぬのだ」

といった諦めと開き直りが、人々に妙な空気を纏《まと》わせている。日常に本心からの安堵《あんど》感は、もう見られなくなっていた。

若者の神妙な気持ちを察することもなく、老婦はちょっと考えた。が、すぐに、

「ああ。ヨッちゃんのことかえ」

と、明るい笑顔で答えた。

若者は「ヨッちゃん」という老婦の呼び方に一瞬、躊躇《ちゅうちょ》した。訪ね探している姉は、

もう三十代である。まるで子供のような呼び方に違和感を覚えたのだ。

だが、若者は、頭の回転が速かった。

「あの姉なら、そんなふうに呼ばれていても、おかしくあるまい」

すぐさま納得し、

「ええ。その人です」

と、頷《うなず》いた。

「ヨッちゃんトコなら、この通りを真《ま》っ直《す》ぐ行けばキャベツ畑があるから……」

老婦は親切に教えてくれた。そして、

「おまえ様。ヨッちゃんのお知り合いかえ？」

と、今更のように聞いた。呑気《のんき》なものである。

「はい。弟です」

「ほお。こげな立派な弟さんが、ヨッちゃんには、おいでだったんかえ。お迎えに来たのかえ？」

若者は少しだけバツの悪そうな顔をした。

「いえ。すぐに、というわけではないのですが……。とにかく元気なのか、消息を知りたくて」

と、答えた。

「おお。それならヨッちゃんは元気なものじゃ。小さい息子さんを世話しながら、しっかりと畑仕事しとる。

いつも明りゅうて、村の人気者じゃ。村の集会のたびに、きれいな声で歌を唄《うと》うてくれてのう。村のモンはそれをいつも楽しみにしちょる。帝都の御人《おひと》とは思えんほど気さくな御人じゃ」

老婦は一層の笑顔で、並んだ白い歯を見せると、楽しげに答えた。

「歯は丈夫そうだなぁ」

若者はつい、どうでもいいことに感心した。

身に染みている現状の戦争の惨《むご》さを、少しだけ忘れかけた。

「ありがとうございました。では、失礼いたします」

「ああ。ヨッちゃんによろしゅうな」

老婦は、名も告げずに立ち去った。

この若者、名を武藤泰夫《むとうやすお》という。

訪ねてきた姉の名は、和田嘉子《よしこ》。結婚し姓を改め、この年で四年になる。

泰夫が教えられたとおりに歩を進めていくと、少し遠くの畑から、聞き慣れたテノール調の美しい歌声が、風に運ばれてきた。

「ここはァ　御国を　何百里ィ……」

こんにちにも伝わる戦時歌謡『戦友』だ。

泰夫も何度も聞いてきた、嘉子の十八番《おはこ》の歌である。

「姉様だ」

泰夫は声の方向に向かって、早足になった。

ここで少し余談を挟みたい。

この『戦友』は、大東亜戦争時のものではない。更に昔、明治三十八年に発表され広まった歌だ。つまりは、日露戦争の戦場を写し奏でた歌である。

戦いの中で生命を落とした戦友に対する哀悼を、切々と歌ったものだ。

しかし、昭和の大東亜戦争時には、この『戦友』は、公に歌うことを、軍によって禁じられていた。

戦場で友の死をいちいち嘆くなど、無意味で女々しい。死んでしまった者は、もう戦力にはならないのだ。そんな死者にいちいち気を回す暇があるなら、敵に向かって一発でも銃を撃て。

——というのが、軍の理屈だった。

　けれど、哀愁あるこの歌は、人々のあいだで昭和に到るまで、ずっと歌われ続けていた。決して戦意高揚の歌ではない。むしろ戦争の悲惨さをしみじみと歌詞に込めた歌だ。

　嘉子は、この歌がずっと好きだった。ふだんから鼻歌で、口ずさんでいた。

　泰夫は子供の頃から、嘉子の『戦友』をいつも聞いていた。この時も、久しぶりに嘉子の『戦友』を耳にして、懐かしさのあまり涙が出そうになった。

「姉様っ」

　泰夫の大声に、嘉子は鋤《すき》を動かす手を止め、声のほうを振り向いた。途端に、満面の笑みで潑溂《はつらつ》とした声を上げた。

「あらっ、泰夫さん。久しぶりじゃないの」

　嘉子は丸顔である。嬉《うれ》しげな表情になると、左の頰に、えくぼが浮かぶ。彼女のチャームポイントだ。

　戦前までの東京の山の手地区では、弟妹や子供など家族の下の者にも、親は「さん」付けで名を呼んだ。江戸時代の旗本クラスの武家社会の慣習を、そのまま受け継いでいたのである。

しかし、泰夫は悲しげに声を細めた。

「姉様。なんという格好ですか。……惨《むご》い」

嘉子の髪はバサバサだった。古びた泥だらけのもんぺ姿。疎開前の嘉子に比べ、なんと痛々しい零落した姿か。

だが嘉子は、全く気に留めていない。

「そうなのよ。畑と芳武《よしたけ》の世話で毎日、大忙し。ついつい、自分の着替えのお洗濯は後回しになっちゃって」

そう言って嘉子は、楽しそうにクスクスと笑った。

芳武とは、二歳になる嘉子の息子である。

嘉子の畑仕事のあいだ、道沿いの菜の花を眺めたりさわったり、蝶《ちょう》を追いかけたり、泥団子を懸命に作ったり――と、無邪気に遊んでいる。

けれど、嘉子の眼が届かない所へは決して行かない。利発な子なのだ。粗末ながらこざっぱりとした着物を着て、まだおしめを当てている。

「そ、それはそうでしょう。けれど、帝都に居た頃の姉様は、もっとご立派でしたのに……。それが、畑仕事とは、なんと惨めな……」

そうなのだ。

じつは嘉子は、弁護士資格を持ち、疎開前は虎ノ門の法律事務所でさっそうと働く、トップクラスのエリート・キャリアウーマンだった。いつでもピシッとスーツを着こなし、髪をきれいにまとめあげ、法律関係の仕事をテキパキとこなしていた。

そんな東京時代の姉と、この時の姉の姿を心の中で重ね合わせた泰夫は、その差に、あまりにも大きな哀れを感じたのである。

泰夫の言葉を聞いた瞬間、嘉子は一瞬、ムッとかすかな怒りの表情を見せた。泰夫は、すばやくその表情を見て取った。が、何も言えなかった。嘉子の怒りの意味が分からなかった。

嘉子は、すぐに笑顔に戻った。

「せっかく泰夫さんが来てくれたのだから、少し休憩しましょう。家の中にご招待したいところだけど、なにしろ家の中はノミだらけで、せっかくの泰夫さんのきれいな国民服にノミがついちゃうわ」

嘉子は、またクスクスと笑った。

泰夫が後ろを振り向くと、嘉子の〝家〟なるものがある。いや、家などではない。掘っ建て小屋ですらない。ただの納屋だ。

「姉様。あんな所に暮らしているのですか」

泰夫は愕然《がくぜん》とした。これまで暮らしてきた豪邸とは、比ぶべくもない。

嘉子の家は、東京で比較的裕福であった。

が、東京への空襲が常態化すると、陸軍の指示によって空襲前に、多くの家屋が引き倒され、潰された。空襲による焼夷弾《しょういだん》の火から、街の全焼を避けるために取られた措置である。

嘉子一家が当時暮らしていた家も例外ではなかった。有無を言わさず取り壊された。昭和十九年の二月だった。

それでも嘉子は、くじけることなく次の家を探して家族親戚で、移り住んだ。

「クヨクヨしていても仕方ないわ。ここなら軍に引き倒される話は聞いていないから、戦争に勝つまでは、この帝都で踏ん張っていきましょう」

嘉子は努めて明るく、家族に語った。

だが、現実はそううまく行くものではなかった。昭和二十年五月。嘉子たちの新しい家の周辺が、空爆を受ける。嘉子たちの家は、軍に引き倒される間もなく、焼け潰れた。

「もう、東京は駄目ね……」

嘉子がもっとも心配したのは、まだ二つの息子・芳武と、もう一人、すぐ下の弟・一郎《いちろう》の娘の、身の安全である。この娘は、芳武より小さい、まだ乳飲み子であった。

「嘉根《よしね》さん。子供の生命を守るためよ。一緒に疎開しましょう」

嘉根は、一郎の妻である。嘉根もまた、嘉子を尊敬していたので、素直に従った。

「義姉《ねえ》様のおっしゃるとおりにすれば、きっとこの娘《こ》も守れる」

と、信じた。

かくして、女二人、幼い子供二人だけの四人で、福島県に疎開したのである。

「義姉さんは、お元気なんですか。あの家にいらっしゃるのですか」

泰夫ももちろん、嘉子と一緒にここに来ている兄嫁と姪《めい》の心配をしている。

「いいえ。今は娘をオンブして、そこいらを散歩しているはずよ。近所の方が皆、お優しいから、その辺のお宅に伺っているかも知れないわね。

なにしろ、あの家の中はジメジメしていて、ノミも多いし、赤ん坊を一日中置いておけるような所じゃないから」

嘉子は、さらに説明を続ける。

「電気も水道もないし、畳もないの。むしろを敷いているのよ。でも、雨風がしのげるだけ、ありがたいものよ」

嘉子は、平気でこう語った。恥ずかしげでもなければ、強がっている様子でもない。

「そこに、腰掛けるのにちょうどいい石があるでしょう。そこに御座りなさいな。

ついさっき井戸から汲《く》んできた水があるから、湯飲みに入れてきてあげるわ。

そうそう、それにちょうど、ご近所からお裾分けいただいたキャベツのお漬物があるのよ。とても美味《おい》しいから」

嘉子はすばやく、干してあった洗濯ものからきれいな手拭いを一枚取ると、それを石の上に敷いた。

泰夫は、かえって恐縮した。だが、嘉子の厚意をありがたく受け取るべきだと思い、その石に腰を掛けた。

その石のすぐ隣に、少し小さめの同じような石がある。来客があると、この二つの石にそれぞれ腰掛けて、四方山話《よもやまばなし》に花を咲かせるのだろう。

——泰夫は、すぐにそう察した。

近所の農家の婦人と楽しげに話す嘉子の顔が、浮かんだ。

納屋の前に大きな瓶《かめ》がある。嘉子はその中に張ってあるきれいな水を、ひしゃくで汲むと二つの湯飲みに注《つ》いだ。そして、一つを泰夫に渡した。

泰夫はすぐに、グイと一口飲んだ。渇いた喉に、少しだけ冷えている井戸の水は旨《うま》かった。

「芳武さん。いらっしゃい」

呼ばれた芳武はヨチヨチ歩きで、すぐに嘉子のそばに来た。嘉子は手に持っていた湯飲みの水を芳武に飲ませた。

「はい。おやつよ」

嘉子が前掛けのポケットから出して芳武に渡したのは、煮干しである。芳武は黙って、その煮干しをチューチューと吸い付くようにしてゆっくり食べた。

「たまには、甘納豆でも食べさせてあげたいのだけれどね」

嘉子は、この日初めて、フッと悲しげな顔を見せた。

泰夫は、痛恨のミスをしたと、強く感じた。

いかな被爆に疲弊した東京でも、多少のカネを出せば菓子ぐらい、なんとか手に入る。しかし泰夫は、甥《おい》の芳武のことは全く頭になかったのだ。

のどかな初夏の風が吹く。物干し竿《ざお》の代わりに張ってある紐《ひも》に掛かった芳武と嘉根の娘のおしめが、パタパタとはためく。泰夫は、それを見て何やら安堵した。

「姉は、ここで確かに生きているのだ」

と。

しばらく無言で二人、風に吹かれていた後、嘉子が口を開いた。

「ねえ、泰夫さん。先程、私の今の姿を哀れんでくれたわね。その気持ちは嬉しかったの。あなたは、本当に兄弟《きようだい》思いね」

嘉子は五人兄弟の一番上である。下には、四人の弟がいる。すぐ下が一郎で、泰夫は、末っ子だ。

嘉子は少女の頃から、四人の弟たちを可愛《かわい》がり、よく世話をした。可愛がるだけでなく、元もと男勝りの性格なので、独り女でありながら弟たちにも遠慮なく、上の者としてしっかり厳しく接していた。

だから弟たちは皆、嘉子を尊敬し、ふだんからよく言うことを聞いていた。

嘉子は、泰夫の眼を見つめたまま、はっきりとこう続けた。

「けれどね、あなたが哀れんでくれたのは、誤りよ」

厳しい口調だった。泰夫は黙って、嘉子の眼を見続けた。

「帝都で洋装の服を着て事務職に就いているのも、もんぺで泥だらけになって畑を耕すのも、御国のための立派なお仕事よ。

職業に貴賤《きせん》など、ないの。誰もが、御国のため、世の中のため、この国の人々のために、それぞれの立場で懸命に働いているの。

真っ当に働いているからには、誰にも恥じることもないし、誰からも哀れみを受けることもないの」

瞬間、泰夫は嘉子が初めにちょっとだけ見せた怒りの色の意味を、悟った。

「はい」

泰夫は、素直に謝罪するように返事した。

嘉子はここで、一つ軽いため息を吐《つ》いた。泰夫から眼を離すと、遠くを眺めるように少し空を見上げた。

「それにね……、本当に哀れみを受けるべきなのはね、無理に働かなければ生きられない病人の方や……それに、子供たちなのよ」

昭和十九年八月から、東京に暮らす子供たちは、空爆の被害を避けるため、国策によって、子供たちだけで地方へと移り住まわされていた。

当時は連日、子供たちが汽車に詰め込まれ、駅まで見送りに来た母親たちと別れを惜しんだ。所謂《いわゆる》「集団疎開」である。

地方に頼れる親戚がある子供は、そこに預けられる。けれど、そんな境遇にある幸運な子供は、ごくごくわずかだった。多くの子供が、地方の寺などにまとめて預けられた。大広間に何十人もの子供だけが押し込まれ、一緒に暮らす。早朝から寺の掃除などの雑用をさせられ、わずかな食事で、全員揃《そろ》って食事を取る。

丈夫な子は、まだ良い。だが、身体《からだ》の弱い子供や集団生活に馴染《なじ》めない子供も一定数いる。しかし、そうした子たちも特別扱いなどしてもらえない。むしろ子供仲間からイジメを受けるパターンさえ多かった。

そんな哀れな子供が独り、寺の門前でシクシク泣いている姿を、嘉子は何度も眼にしている。けれど、自分たち四人の生活で目一杯の嘉子には、何もしてやれない。それが辛《つら》くて仕方なかった。

「芳夫義兄様《よしおにい》も、ご心配ですね……」

泰夫が、目の前の畑をじっと見つめながら、ポツリとつぶやいた。芳夫は、ほかならぬ嘉子の夫にして芳武の父である。

泰夫は、嘉子の眼を見ることが出来なかった。

嘉子の夫である芳夫は、心優しい男だった。が、その裏返しとして気の弱い部分もあった。しかも病弱で、若い頃に肋膜炎《ろくまくえん》を患っていた。

昭和十九年六月。芳夫に召集令状が届いた。だが、入隊時の検査で肋膜炎の傷痕を見た軍医は、

「こいつは、使い物にならない」

と、召集を免除した。正直、嘉子も芳夫もホッと胸をなで下ろした。

けれど、翌・昭和二十年一月。信じがたいことに、二回目の召集令状が届いたのだ。戦局は逼迫《ひっぱく》し、日本は土壇場ギリギリまで追い詰められていた。それでも軍は、戦争終結の道筋を探ろうとは、微塵《みじん》も考えていなかった。

「少々の病を抱えていても、病弱であっても、日本男子たるもの銃を撃てるのなら、戦場へ向かうのが使命であり、名誉である」

軍上層部は、本気でそう考えていた。病人を掻《か》き集めて戦地へ送ったとて、戦局が有利になるわけがない。無茶苦茶な理屈である。

昭和前期の日本軍の上層部は、はっきり言って「軍人としてド素人の集団」だったのである。実戦の経験もなく、いい歳《とし》をした上級士官から、血気盛んな若い下級士官まで、ただ〝卒業した士官学校で試験の成績が良かっただけのボンボン集団〟だったのだ。

二度目の召集令状を受け取った時、芳夫は黙って、それを受理した。

「私より身体の弱い者さえ、戦地に送られている。この国に生きる者であるからには、独り〝我儘《わがまま》〟は言えない」

嘉子も、何も言えなかった。ただ、

「きっと帰ってくるよ」

と無理に笑顔を作って出ていった夫を、涙をこらえて見送るしかなかった。

「おそらく義兄は、無事に生きて帰れまい」

泰夫はマトモに考えて、そう結論づけるしかなかった。それでも嘉子は、夫の帰還に一縷《いちる》の望みをつないでいた。泰夫は、そんな姉の顔を見るのが、あまりに切なく、眼を向けることが出来なかったのである。

それでも、嘉子は健気《けなげ》にも、強くはっきりと、返事をした。

「きっと無事に帰ってくるわよ。そう約束したんだもの。芳夫さんは、私との約束を破ったことは、ただの一度もなかったんだもの。

一郎さんも、きっと芳夫さんを守ってくれる。だから、嘉根さんは私が必ず守るの」

嘉子のすぐ下の弟の一郎は、昭和十九年六月に、すでに戦死している。

召集され、沖縄行きの軍船に乗せられた。その軍船が鹿児島湾で沈没したのである。

海上で撃沈された軍船の乗船者は、まずほとんど助からないし、さらには船ごと海の底に沈んでしまうから、遺骨の収容もままならない。

一郎の遺骨も、もちろん戻らなかった。

「いったい、どうしてここまで酷《ひど》いことになったのでしょう。どうして、一郎兄様は死ななければならなかったのでしょう。どうして、芳夫義兄様は、あんな身体で戦地に行かねばならなかったのでしょう。

酷すぎます。この国は酷すぎます」

泰夫は感極まり、涙をあふれさせて絶叫した。

東京でこんな言葉を叫べば、たちまち憲兵に逮捕され、警察内で「非国民」と決めつけられて拷問を受ける。幸いにして長閑な福島の地では、ヒステリックに「非国民探し」

をする憲兵も、いない。

嘉子もここで、初めて本音を語った。

「そうね。戦争はあとどれだけ続くか、分からない。けれど日本が勝つことは絶対にない。必ず負ける。

でも国の中には、日本の勝利を信じている人も少なくない。そうした人たちや、戦争で身内を失った人たちは、負けがはっきり決まった時、どれほど悲しむでしょう。

それでもね、生き残った人は生き続けなければ、いけないの」

そして、少し間を置いて、より強く、きっぱりと言い切った。

「いいえ。ただ生き続けるだけでは、だめなの。生き残った人すべてが、今度こそ、自分のための本当の幸せを、つかまなければいけないの。

それこそが、これからの日本人一人一人の使命なのよ」

泰夫は、黙っていた。

いや、嘉子の強い言葉に気圧《けお》され、一瞬言葉が出なかった。ようやく、涙を拭いながら、

「はい」

と、一言だけ答えた。泰夫は、この時に心の中で、

「僕は、絶対にこの戦争で死なない」

と決意した。

二人が、ポツリポツリと家族のことや昔話などをしているうちに、やがて陽《ひ》が暮れてきた。もちろん泰夫を、納屋に泊めるわけにもいかない。

「姉様。そろそろ帰ります。ずいぶんお元気で」

泰夫は、腰掛けていた石から立ち上がると、敷いていた手拭いの埃《ほこり》や汚れを丁寧に払って畳んだ。そして、嘉子に手渡した。

「今日は、格別に楽しい日だったわ。わざわざ東京から、ありがとうね」

芳武は、すでに嘉子の乳を飲んで、そのまま抱かれて眠っている。嘉子は立ち上がると芳武が起きてしまうので、座ったまま泰夫に別れを告げた。

泰夫は深々と頭を下げると、駅のほうへと歩いていった。泰夫の後ろ姿が見えなくなるギリギリの所で泰夫は振り返って、もう一度頭を下げた。

泰夫の姿がすっかり夕闇の中に消えると、嘉子は芳武をあやすようにして立ち上がり、納屋の中に入った。

「さて、そろそろ嘉根さんも帰ってくる頃かしら。お夕飯の支度をしなければね」

嘉子はランプに灯を点して、眼の覚めた芳武を、むしろの上に座らせた。

「良い子にしておいでなさいよ」

芳武はじっと嘉子の笑顔を見て、安心したように、拾い込んでいた樹《き》の枝や葉を並べて遊び始めた。芳武が自分で調達してきた〝オモチャ〟である。嘉子は、納屋の裏に置かれたかまどで雑炊を煮始めた。

「今日も、無事に終わった」

嘉子は、かまどの上の鍋を木製のおたまでゆっくり掻き混ぜながら、つぶやいた。

そして、それから三カ月。

その年の八月十五日。

村の人間は皆、役場の広間に集められた。広間の上座には粗末な机が置かれ、ラジオが載せられている。

敗戦を告げる玉音放送である。

「負けたのか。我が大日本帝国が負けたのか」

老いた男たちは、顔面蒼白《そうはく》になり、中には「ウオーッ」と、悔しさのあまり泣きながら叫ぶ者もいた。

「息子は……。うちの跡継ぎはどうなるんじゃ」

あわあわと打ち震えながら、膝をガックリと落とす者も、数人いた。皆、若い息子たちを召集されていた老父である。

対して、婦人たちは比較的落ち着いていた。

「やっと終わったのね」

小声でつぶやく老婦が、いた。周りの老婦たちも、黙って軽く頷いた。

一方、集団の後ろのほうにいた嘉子は、しばし呆然としていた。

「本土決戦があると、思っていた。そうなれば、あと二、三年は戦争が続くと、思ってた……」

泰夫が会いに来てくれてから、わずか三カ月である。この年の五月にこの福島に疎開してきてからも、わずか三カ月。

嘉子は正直、少し肩透かしを食わされた感を受けた。

だが、弁護士資格を持つ嘉子である。

「日本の行政や司法が、これからどうなるか分からない。戦勝国の米国や英国に、どんな無理難題を突きつけられるか分からない。

空襲を受けてきた東京や地方都市部の復興の道のりは、気が遠くなるほど長くなる。

この国は、きっと戦中以上に、大変なことになる」

嘉子は冷徹に、今後の日本の進路に想いを馳《は》せ、周りの大騒ぎの中、ただ独り立ち尽くした。そして芳武の手をギュッと握った。

「この子の未来を、どうしてやればいいのか」

無言のまま沈痛な面持ちでいる嘉子に、娘を背負って一緒に役場に来ていた嘉根が、まるで嘉子を気遣うようにして声を掛けた。

「義姉様。私も娘も、これで死ななくて済むのですね。義姉様のおかげで、私たち母娘《ははこ》は、生き延びられました」

だが、その声は上擦《うわず》り、震えていた。心から喜んでいる声ではなかった。

やはり嘉根も、大きな不安に、漠然と襲われていたのだ。

こうして戦争は、終わった。

嘉子たちは、間もなく東京へ帰った。

幸い両親は無事だった。二人は、最後まで東京を離れようとしなかったのである。泰夫を初め、戦死した一郎を除く三人の弟たちも、戦火を免れていた。

「嘉子さん！　それに芳武も、嘉根さんも！　四人とも皆、元気だったのね。亡くならなかったのね！　なんという僥倖《ぎょうこう》でしょう。ここまで家族が、無事で居られたなんて」

嘉子の母・ノブは帰った四人を見るなりいきなり涙をあふれさせ、大泣きに泣いた。

そして膝を落とすと、まず芳武を強く抱きしめた。

芳武はノブにとって初孫である。東京にいた時分は、芳武をカゴに入れ背負って散歩するなど、心から可愛がっていた。

な女性である。

「お母様。お父様。ご心配をお掛けしました」

嘉子は涙を流すでもなく、穏やかな顔で両親に頭を下げた。嘉子は、どこまでも気丈な女性である。

「うむ。よくぞ無事に戻った」

父の貞雄《さだお》は努めて冷静に、四人の無事を祝った。

だが貞雄は、すでに重い肝硬変を患ってすっかり身体を壊し、立っているのもやっと、という有り様である。若い頃の元気な面影など、欠片《かけら》もない。

ここまで勤め尽くしてきた母国の、あまりに愚かな戦争の遂行を目の当たりにして、インテリの貞雄は、すっかり自らに絶望していたのである。

「私の人生は何だったのだ」

と。

そして毎晩のように深酒をし、ついに肝硬変を患ったのである。その病身で、スシ詰め状態の疎開列車の旅に耐えられるわけもない。嘉子の老いた両親が、毎日のように米軍の爆撃を受けながらも東京から疎開しなかったのは、それも理由の一つだった。

一家はなんとか、表面上だけは穏やかな生活を始めた。

だが両親は老い衰え、敗戦直後の東京には、弟たちの勤め先も、満足に見つけられない。

　家族でもっとも頼りになっていた男は、嘉子のすぐ下の弟で、長男の一郎だった。けれど、彼はもはや還《かえ》らぬ人となっている。

「私が、少しでも家族のために何とか働かなくては。芳夫さんは、必ずや元気でお帰りになる。それまでの辛抱だわ」

　嘉子は、それだけを心の支えに、必死に働き口を探した。


　だが現実は、あまりにも残酷だった。

　一通の電報が、嘉子の許《もと》に届いたのである。

「ついに来た！」

　嘉子は、電報を受け取るなり歓喜の声を上げた。芳夫の「復員連絡」と信じ切っていたのだ。

　しかし……。

　封を開けた嘉子は、愕然とした。

　血の気が一気に失《う》せ、部屋の中でがっくりと倒れた。

　次男の輝彦《てるひこ》が電報を受け取り、家族の前で、弱々しく読み上げた。

「ワダヨシオ　キトク　スグ　ナガサキノリクグンビヤウヰンニ　コラレタシ」

しかも、日付を見ると二年も前の昭和二十年である。敗戦前後の混乱のなか、軍の郵便物さえたらい回しにされ、すぐには届かなかった。この電報は四国の本籍地に送られたが、嘉子は東京に戻っていた。

「芳夫さん。どうか、どうか病に負けないでください。お願い。なんとしても助かってください」

嘉子は長崎の空に向かって毎日必死に祈り続けた。

昭和二十二年、幸いにして嘉子に、格好の仕事が見つかった。母校である明治大学の女子部を前身とする、明治女子専門学校の教授職である。

弁護士資格を持つ嘉子は、そこで女学生たちに法律を教える職を得たのだ。戦前から戦中にかけても女子部法科で助手や助教授をしていて、学生たちに評判の良かったことが幸いした。

明治大学も大学全体の例に漏れず、文系の男子学生たちは、軍の「学徒出陣」の命令で多くが戦場に送られた。大学に残れたのは、ほんのわずかな女子学生ばかりである。

嘉子は、数人の女子学生たちの前で、日々懸命に教壇に立った。給与は、けっして高くない。それでも戦前に修めた法律を生かせる仕事は、やり甲斐《がい》があった。

「鋤を持つ手が、チョークを持つ手に変わった。でも、そんなことはどうでもいい。どちらだって、これからの御国の大切な仕事なのだから」

嘉子は、懸命に働いた。

芳夫の生還に一縷の望みを抱きつつ明治大の仕事に従事していた日々。けれどやはり嘉子に幸運は訪れなかった。

芳夫がそのまま長崎の陸軍病院で病死していたことが伝わったのである。

芳夫が亡くなったのは、昭和二十一年五月である。妻の嘉子にも家族にも、身内の誰にも看取られることなく、軍医と入院中の別の戦友たちに囲まれて、静かに旅だったのだ。

あとから聞いたところ、芳夫は中国の戦地までは、船で無事に着いた。けれど、身体は完全に衰弱していた。それでも芳夫は、乗船の時から船内でも、自分より弱っていた戦友を必死に看病していた。――という。

だが、戦地に着くなり一気に病状が悪化した。そして銃の一発も撃つことなく、そのまま軍病院に入院させられた。当然、満足な治療は受けられなかった。それでも歯を食いしばり、必死に病床で病に耐えた。

やがて、結局は軍の病院船で寝たまま復員し、長崎の陸軍病院に移された。しかし、もはや死は時間の問題だった。

危篤の電報が打たれたのは、その頃である。

結局、芳夫は、ただ「苦しみ独り死ぬためだけ」に、軍に召集されたのだ。

嘉子は、この事情を伝え聞くなり、泣きに泣いた。聡明《そうめい》な彼女のこと、あらかたの予測は付いていた。それでも、その予測を、心の中で必死に掻き消していた。

それがすべて徒労に終わった。

嘉子は泣いた。ひたすら泣いた。

夫を失った悲しみ。死に行く夫に何もしてやれなかった自責。そして、夫を〝殺した〟軍への恨み。

「東条英機《とうじょうひでき》を、絞め殺してやりたい」

愚かな戦争をやめようとしなかった陸軍大将にして総理大臣だった東条を、憎みに憎む気持ち。そんな想いが綯《な》い交ぜとなって、嘉子は、涙が涸《か》れてなお泣きやまなかった。

それでも嘉子は、その翌日、出勤した。

悲しみで寝込むようなことは、絶対にしたくなかった。誰からも同情されることは、絶対にしたくなかった。

「女は弱い」とは、誰からも絶対に思われたくなかった。

「皆さん。お早うございます」

教壇に立った嘉子の顔を見た女学生たちは、驚きのあまり声も出なかった。泣きはらした嘉子の顔面は、むくんで、ひどく膨れ上がっていた。そればかりではない。顔は真っ青だった。いや、「真っ青」どころではない。顔面中が紫色に変わり果てていた。

出し尽くされた涙が、顔の血の気まで、全てを抜き去ったのである。

女子学生たちは無論、誰もが未婚者である。けれど彼女たちは、愛する夫に先立たれる妻の気持ちというものを、痛烈に、恐ろしいほどに目の当たりにして感じ入った。

「こんな目に遭うくらいなら、私は生涯、結婚はすまい」

中には、あまりのショックでそこまで考えた女子学生も、いた。

そして、嘉子の本当の意味での「戦後」が、この日から始まるのだ。

第二章　生まれた夢

物語は、三十数年前に遡る。

三淵《みぶち》嘉子（旧姓「武藤」→「和田」）は、大正三年十一月十三日に生まれた。

彼女こそ、戦後、日本の法曹界において「女性法律家の草分け」となり「女性裁判官第二号」となり、そしてなにより、生涯を通じて「弱者を守るため」に法曹界で奮戦した女性である。

生まれた地は、なんとシンガポールだ。

父の武藤貞雄は当時、台湾銀行に勤めるエリートのビジネスマンで、高額の報酬を受け取っている富裕家だった。もちろんシンガポールも、会社の赴任地である。

日本は伝統的に、外国名を片仮名表記せず発音が近い漢字を当てる。こんにちも、その慣習の名残りが結構あり、我々がアメリカを「米国」と呼ぶのも、元もとアメリカを「亜米利加」という字で表記していたからだ。

じつは、嘉子の名も、この慣習によるものである。シンガポールは当時「新嘉坡」などと当て字表記していたので、その語から「嘉」の字を名に含んだ。

ちなみに、女性の名の最後に「子」の字を付ける習慣は明治時代に入ってからである。

閑話休題。

父の貞雄は、結婚してすぐに「シンガポール支店」への赴任となり、新妻のノブとともに日本を離れた。

ノブは、養母に、大正時代にしても恐ろしく厳しく、それこそ紙一枚でさえ無駄にせぬよう躾《しつ》けられていた。そんな生活が嫌で堪《たま》らなかった。だから、この夫婦二人だけの海外移住には大喜びで、日本を離れる寂しさなど微塵《みじん》も感じていなかった。

ノブは、南国シンガポールの大らかで自由な暮らしを大いに満喫し、シンガポールでの武藤家は、明るい家庭だった。

移住してすぐに嘉子が生まれた。嘉子が明るく朗らかで自由な性格だったのも、生後二年間の、このシンガポールで生活の雰囲気とノブの教育のおかげだろう。

貞雄のシンガポールでの勤務が二年間続いた大正五年に、長男で嘉子の弟である一郎が生まれる。ちょうどこの年、今度は貞雄のアメリカ転勤が決まった。

当時の海外旅行はたいへんな時間と苦労、それに心労がかかる。幼子の嘉子と新生児の一郎まで遠いアメリカに連れていくのは無理だと判断され、貞雄は単身赴任となった。かくして、ノブ、嘉子、一郎の母子は、日本へ帰国したのである。そして、丸亀《まるがめ》にある貞雄の親戚の家へ移り住んだ。

二歳の嘉子は、父と離れても、他人の家に居候の暮らしとなっても、まるで臆することはなかった。

いつも明るく元気だった。親戚の夫婦も嘉子をとても可愛《かわい》がり、嘉子は一家のアイドルとなった。

「シンカポルは、いつも暑いのよ。だからアタシは、お洋服を脱いじゃうの。でもね、お母様は怒らないのよ。お洋服が汚れないからなのよね、きっと」

親戚夫婦に、嘉子はいつも、たどたどしい言葉で楽しげに色々な話をする。親戚夫婦もそれが可愛くて、笑顔でいつまでも嘉子の話を聞いていた。

「イッちゃん。おネエちゃんが遊んであげるわよ。ほら、『いないいないバア』」

嘉子は、二つ下の弟の一郎を、いつも可愛がっていた。ノブが一郎のおしめを替えていると、

「アタシがやる。おネエちゃんだから」

と、ノブの〝邪魔〟をする。ノブは苦笑いで、少しばかり嘉子に〝手伝い〟を、させてやる。おしめを取り替え終わると、嘉子は、まるで自分の手柄のように喜んで、

「ほら、イッちゃん。気持ち良くなったでしょう」

と、一郎を引き摺《ず》るようにして抱きかかえるのだ。

そんな暮らしが、四年続いた。


大正九年。貞雄が東京支店に転勤となった。

家族四人、初めての日本暮らしが始まったのである。

長期の船便で帰国した貞雄は、さすがに疲れの色を隠せなかった。だが船の甲板を降りた時、港に迎えに来ていた三人の家族を発見するなり、その疲れも吹き飛び、三人に走り寄った。

「長いお独りでのお勤め、お疲れ様にございました」

ノブが目に涙をにじませて頭を下げると、貞雄はただ、

「うん」

とだけ答えて、あとはノブ同様に涙を少し流した。

感無量で、それ以上はすぐに何も言葉が出なかったのである。

「嘉子さん。一郎さん。お父様よ、さあ」

ノブは、二人の子供を貞雄に近づくよう促した。

しかし、嘉子と一郎は、母親のノブが〝誰か知らない小父さん〟と親密に言葉を交わしている姿を見上げて、ただ呆然《ぼうぜん》としていただけだった。何が起こっているのか、まるで分からなかった。

それは、そうであろう。嘉子にしても、貞雄とは二歳で別れて四年間も会っていなかったのである。ふつうなら、どうしたって、すぐには懐けない。ましてや一郎のほうは、生まれてすぐに別れたのだから、貞雄を「他人の小父さん」としか感じられない。

それがいきなりノブから、貞雄に近づけさせようとしたものだから、二人の子供はビックリ仰天。一郎は、思わずノブの裾を握り、微動だにしなかった。

一方の嘉子は、ただジッと貞雄の顔を見つめる。

「誰かしら。この男の大人の人」

首を傾《かし》げるばかりである。それでも、貞雄は必死の形相でこちらを見ている。

「何か私と関係ある人なのだわ」

とだけは、察しが付いた。

だが、嘉子はなにしろ利発な子だった。

嘉子は、友達の家に大抵〝お父様という大人の男が存在する〟ことは知っていた。そ

してノブからも、

「今は一緒に暮らしていないけれど、あなたたち姉弟にも『お父様』はいらっしゃるのよ」

と、再三説明を受けていた。

一郎は、年齢のせいもあって、ノブの説明をあまりよく理解できていなかった。しかし、嘉子は飛び切り頭の回転が速く、瞬時に物事を理解できる子供である。

「嘉子。一郎。分かるかい。僕がおまえたちの『お父様』なんだよ」

貞雄は、子供たちに〝自分の存在の意味〟を分かってもらおうと懸命である。

それでも一郎は、どこか近づきがたく、よそよそしい。ノブの背中をキュッとつかんだまま、貞雄に近づこうとしない。

しかし、嘉子は全く物怖《ものお》じもせず、貞雄の顔を真《ま》っ直《す》ぐ見つめた。

「そうか。この方が『お父様』なのか。私と一郎のお父様なのか」

嘉子は、笑顔で、

「こんにちは。お父様」

と、ペコリと頭を下げた。

六歳児とは思えない見事な対応である。

貞雄は感動のあまり、嘉子をギュッと抱きしめた。嘉子は少しだけ驚いたが、

「お父様というものは、子供が大好きなのね」

と、すぐに察した。だから貞雄から無理に離れようともせず、そのまま抱かれていた。

かくして四人親子の再会劇は、幕を閉じたのである。


一郎はノブに抱きかかえられたまま、まだ貞雄に、幼児なりの警戒心を持っていた。

が、貞雄と手を握って嬉《うれ》しそうに歩く嘉子の様子を見て、その警戒心がやわらいでいった。

「おネエちゃんと仲良しになっている人なのだから、悪い人じゃない。良い人だ」

と、四歳児ながら漠然と理解した。

「一郎。お父様と抱っこするかい」

一郎を抱き続けてノブが疲れているのを見て取った貞雄は、少し上擦った声で一郎に話しかけた。

一郎はすぐさま嘉子を見た。そして嘉子がニコニコして貞雄と手をつないでいるのを確認した。それで安心して、両の腕を貞雄に向かって伸ばした。貞雄は、嬉しくて仕方なかった。

路面電車の停車場まで歩く途中に、駄菓子屋があった。貞雄は気づくなり、

「何かお菓子を買ってあげようね」

と、二人の子供を連れて店に入った。

この時代、大抵の菓子は、こんにちと変わらず揃《そろ》っている。大正年間の好景気は、庶民の生活も向上させていた。

嘉子も一郎も、すでに貞雄にすっかり懐いていたから、何の遠慮もなく、眼を輝かせて店内を小走りに走り回った。ノブは、二人の子供を愛して衣食住に何の不便も与えていない。けれど、躾《しつけ》として贅沢《ぜいたく》はさせていない。

「イッちゃん。一つだけ決めるのよ」

嘉子は、目移りしている一郎に、優しく言った。菓子を二つも三つも一遍に買うなど、ふだんからノブは許していなかったのである。

二人が悩んでいると、貞雄が、

「これは、どうだい」

と、二人に一つずつ、小箱を手渡した。それを見た途端、二人は一層眼を輝かし、驚きの色さえ見せた。

キャラメルである。

キャラメルは、明治時代の後期には、すでに輸入され、国内生産されている。とは言え、当初は大人の嗜好品《しこうひん》扱いだった。余談ながら、あの福沢諭吉もキャラメルが好きで、煙草《たばこ》を吹かす代わりに、よくキャラメルを嘗《な》めていた。

もっとも、大正時代に入る頃には、キャラメルは、すでに菓子として子供たちに認識され、子供たちの憧れだった。が、そうそう簡単に食べられるものではなかった。なんとなれば、菓子としては、かなり高価だったのである。

形状は、こんにちのものと、ほとんど変わらず、紙の箱に二十粒のキャラメルが整然と並んで入っている。メーカーが試行錯誤の末、この形状にたどり着いたのは、大正の初めであった。

しかし、一粒一粒を薄い紙で包むのは、熟練の職人が手仕事で行っていた。

つまりは、商品として市場に出すのに、他の菓子よりコストが掛かるのだ。

価格としては、一箱十銭。こんにちの物価に換算すると、だいたい三百円から五百円である。つまりは、大人が箱入りの煙草を買うような感覚の価格で、子供が、わずかな小遣いで、そうそう簡単に買えるものではなかったのだ。

嘉子も、金満家の友人の家に遊びに行くと、その友人が自慢げにキャラメルを一箱、大切そうに机の引き出しから出して、友人たちに見せびらかすのを、よく経験した。

「あたしと仲良くしてくれる子に、一粒ずつあげるわ」

早い話「あたしに媚《こ》びろ」というわけで、とんだ女王様気取りである。

それでも子供たちは、一粒のキャラメルが欲しくて、

「今度、わたしのカリントウを十個あげる」

「今度、あたしのお人形を貸してあげる」

と、必死になる。

だが、嘉子はそんな光景を見るのが、大っ嫌いだった。

経済力のある上級な人間が下級の人間をカネの力で弄《もてあそ》んで、悦に入っている。

その本質が、露骨に見えるのである。そこに経済的格差社会の哀れさと醜さを嗅ぎ取り、とても不快に感じていたのだ。

十歳にも満たない子供の感性ではない。けれど利発な嘉子は、それをはっきり感じ取っていた。

「ヨッちゃんは要らないの？」

相手が上からモノを言うように、誘ってくると、

「私は要らない。でも、あなたとは仲良しよ」

と、毅然《きぜん》とした態度で返した。

相手の子供は、ひるんで、さらに子供なりに、嘉子の高貴さに敬意さえ抱いた。

「ヨッちゃんにもあげるわ。ねえ、美味《おい》しいわよ」

と、自ら進んで一粒のキャラメルを手渡そうとする。それでも嘉子は、

「ううん。要らない。お願いだから、他の子にあげてよ」

と、努めてにこやかに返事するのだった。

もちろん嘉子だって、キャラメルを食べたい。けれど、経済的格差の残酷さに与《くみ》するのは、絶対に嫌だったのである。

そんなキャラメルを、一人一箱ずつ手渡された嘉子と一郎は、驚いた。

「いいの？」

一郎は、おっかなびっくりキャラメルを手にするが、それをどうしたらいいのか分からなくて、ただジッと箱を見つめていた。けれど、嘉子は、

「ありがとう。お父様」

と、目一杯の笑顔で礼を言った。貞雄の態度が「何の裏もない、無器用ながら精一杯の自分たちへの愛ゆえの行動」と、すぐに察したからである。

会計を済ませて菓子店を出ると、嘉子はすぐにキャラメルの箱を開けて、その一粒の包み紙を丁寧にはがし、口に頰張った。それを見てから、一郎もあわただしく、キャラメルの包み紙を広げる……と言うより破り捨てて、キャラメルを口に入れた。

「美味しいわね。イッちゃん」

嘉子が声をかけると、

「うん！」

と、一郎は心底嬉しそうに、大声で答えた。

貞雄は、嬉しかった。もちろん子供たちが喜んでくれたからである。が、それだけではない。

嘉子の、キャラメルを手渡してからの一連の所作に、明らかに、こちらの気持ちを察しての思い遣りを、感じ取っていたからである。

損得勘定などではない、嘉子の純粋な優しさを、見て取れたからである。

「なんて良い子なんだ。それに、おとなに対してさえ気遣いできるなんて、なんて賢い子なんだ」

貞雄は、嘉子を、心から誇りに感じた。

一家は、これまで世話になってきた親戚の家でいったん腰を据えると、すぐに新居に移る準備に入った。新居は、渋谷である。

「ヨッちゃんもイッちゃんも、いなくなっちゃうんだね。寂しいなあ」

親戚夫婦が、二人に向かってつぶやくと、

「また、遊びに来るからね。それまで、寂しくても我慢するのよ」

と、嘉子が諭すように、慰めるように言った。そんな六歳児の大人びた言葉がおもしろくて、皆が笑った。

「はい、はい。分かりました」

親戚夫婦の返事に、嘉子は満足げに頷《うなず》く。

こんなふうに、嘉子は誰彼なく他人に優しい子供だった。

渋谷に居を移すと、ほぼ同時に嘉子は、渋谷にある「早蕨《さわらび》幼稚園」に入園した。嘉子にとって初めての集団生活である。その翌年の大正十年四月には「東京府青山師範学校附属小学校」に、入学。ここで六年間を過ごした。

幼稚園、小学校と、ふだんの暮らしが「集団生活の場」に変わっても、嘉子の明るさと元気さ、そして優しさは変わらなかった。そして、学習成績もバツグンだった。自然、クラスの誰からも一目置かれ、慕われ、進級のたびにクラスのリーダー格の立場になった。

父の貞雄の仕事も順調で、武藤家は裕福だった。やがて、一郎の下に、輝彦・晟造《せいぞう》・泰夫と、三人の弟が生まれ、武藤家は一層にぎやかな家庭になった。

武藤家は〝当時の時代風潮〟である「極端な男尊女卑思想」には、染まっていなかった。海外を渡り歩いた貞雄の考えによる。

嘉子は、五人姉弟の一番上として、四人の弟たちに、優しくも毅然とした態度で接していた。

嘉子は、とくに正義感が強く、弟たちの他愛ない悪戯《いたずら》にも、厳しく怒った。

「一郎さん！　あなた、貧しいご家庭のご学友のお弁当が『貧相だ』と言って、他の学友の子と一緒になって、からかったそうじゃないの！　貧しさは、決して悪いことではありません。そのご学友に、からかわれる落ち度は、まったくありません。第一、からかわれたご学友の気持ちを考えてごらんなさい。どんなに辛《つら》かったか。悲しかったか。

他人《ひと》様《さま》の心を感じ取れない人間は、どんなに有能でも、決して立派な人物には、なれません！」

嘉子は、社交的で誰とでも仲良くなるから、学校中に友達がいる。弟のそんな悪ふざけも、そのへんから耳に入ったのだろう。

「姉様。ごめんなさい」

嘉子の剣幕にすっかり恐縮した一郎は、心底反省した。嘉子の毅然とした態度には、それだけの〝力〟がある。

「明日、必ずそのご学友に謝罪するのよ」

嘉子は、そう優しく語りかけて締め括《くく》った。

これほどの姉になら、四人の弟の誰もが反発できないし、反発しない。ましてや「女のくせに」などという理不尽な批判も、決してしなかった。

武藤家の子供たちは、嘉子を中心に皆が仲が良かった。

時代は、昭和へと移る。

六年間の小学校生活を修了すると、女子は、受験をしてさらに進学する子供もいれば、早々と奉公に出て働く子供もいる。一方、家庭内で過ごしながら「花嫁修業」に入る子供もいる。

皆、それぞれに青春の時を過ごす年頃である。しかし、ここでもやはり、経済的格差やそれぞれの家庭……と言うか父親の考えで、生きる道が決まる。

とりわけ奉公に出る子供は、そこで、後々の人生が、あらかた決まってしまう。なにしろ、どんな商家や富裕家に入るか。それが、当人の意思などまったく無視されての〝運任せ〟なのだ。

心根の優しい主人の家に入れば、忙しいながらもそれなりに幸せな時が過ごせる。だが、主人がひどい女性蔑視の人間だったり、意地の悪い先輩の奉公人がいたりすると、ずいぶんと悲しい目に遭う。

要は、まだ子供である奉公人の「人権」を、雇った家の者がどれだけ尊重してくれるか。そこに、すべてが掛かってしまうのだ。

幸いにも、富裕な武藤家の嘉子は、進学の道を選ぶことができた。

進学する女子は、それなりの教養を身に付けて、やがては良家に嫁ぐことができる。

一般的には、それが、もっともスタンダードな道だ。

なにしろ昭和初期の当時は、高い知性を持つ女性でも、そうそうその力を発揮できる職業がない。せいぜい女医になるか、教育者になるか……ぐらいである。

嘉子は、早々と進学することを決めていた。この点には、貞雄もノブも賛成だった。家の中で何年も花嫁修業するより、嘉子には高い知性と教養を身に付けさせてやりたい。

それが両親それぞれの想《おも》いだった。

ましてや、嘉子が人格の立派な少女であることはもちろん、飛び抜けて優れた頭脳の持ち主であることは、両親ともに分かっている。嘉子の進学は、嘉子の大きな幸福につながるものと、両親ともに確信していた。

だが、嘉子の具体的な将来については、両親の考えはまったく違っていたのだ。

武藤家は、先祖が江戸時代、丸亀藩の御殿医だった。その血筋を誇りに思っていた貞雄は、嘉子が職業に就くなら医者になってほしい。――と、考えていた。

一方のノブは当人が、当時の女性として誰からも尊敬される典型的な「良妻賢母」だった。彼女自身も、その生き方に強い誇りを持っていた。それで、嘉子にも、自分同様に格式の高い良家に嫁入りしてほしいと、願っていたのだ。

嘉子の卒業も近づく頃、貞雄は嘉子の意思を、まず確認しようとした。嘉子を座敷に呼んで、二人で対座した。

貞雄は、おもむろに聞いた。

「嘉子。進学して学問を修めたら、その先、何をしたいのかい?」

「え、ええと……。じつは、まだ決めておりません」

貞雄は少なからず驚いた。

いかな十二歳とは言え嘉子ならば、何かはっきりした目標がすでにある。——と、勝手に思い込んでいたのである。

だが、嘉子は、ただ頭脳が優秀なだけの子ではなかった。人格が高尚なだけの子でもなかった。

歌とダンスが大好きで、宝塚の男役に憧れていた。夢多き少女で、芸術家肌でもあったのだ。

そんな嘉子のことだから、ただ単純に〝堅い仕事〟を目指すわけは、なかったのだ。

貞雄はしばらく無言で考え込んだ。嘉子のほうは気楽なもので、何も考えず、ただ貞雄の対応を待っている。

貞雄は思い切って、嘉子にかける自らの希望を、口にした。

「……そうなのか。それなら嘉子。医者の道は、どうかな。旧幕時代には、すでに女医は存在していたんだよ。かのシーボルト先生の娘さんが、そうだったんだ。

それに、昭和の御代《みよ》である今では、女医もたくさんいて、さまざまな人々の健康と生命を守るために働いている。それは嘉子も、もちろん承知しているだろう」

貞雄は、思わず前のめりになって、嘉子を説得するように熱弁を振るった。

ところが、嘉子はアッサリと答えた。

「あ。お父様。私、医者は嫌です」

「え」

貞雄は、拍子抜け……どころか、愕然《がくぜん》とした。あまりにも簡単に、こちらの説得を拒否されたからである。

もっとも貞雄は、生来、心根が優しかった。くわえて、当時すでに人権尊重を謳《うた》っていたアメリカに赴任していた経験から、子供の人権尊重を心得ていたし、女性蔑視の考えも微塵も持っていない。

怒り出したりせず、嘉子に向かって穏やかに訳を聞いた。

「そのぉ……なぜ、医者が嫌なんだい？」

嘉子は、あっけらかんと答える。

「他人様の血を見るのが、嫌いだからです」

貞雄はまたもや、拍子抜けの感である。

「それだけ……かい？」

「はい」

あまりにもシンプルな理由。が、それだけに、生半可な説得では翻意させようがない。くわえて嘉子が意外なほど頑固者であることは、貞雄も心得ている。まさしく、取り付く島もない状態である。

嘉子はじつに親孝行な子供だ。しかし、だからと言って、こちらの願いをいくら語ったとて、気持ちが揺らぐことはあるまい。

すっかり諦めの付いてしまった貞雄は、あとは世間的な常識の枠内で、次にもう一つの提案をした。

「では、教育者も悪くないのではないかな。さまざまな子供たちを清く正しい人間に導くことは、とても崇高な仕事だろう」

が、嘉子はこれもアッサリ断った。

「教師は、嫌です」

「えっ。なぜだね。それはなぜなんだい？」

「だって私は、もっと大きな仕事がしたいのです」

貞雄は、嘉子の言わんとすることが、まるで分からなかった。

それこそ、女でありながら嘉子は四人の弟たちに慕われ、敬せられ、そのおかげで四人の息子たちは、それぞれの年齢なりに良い子に育っている。これは確かに大きな部分において、嘉子の手柄である。嘉子は、教育者として素晴らしい才覚がある。

——と、貞雄は考えていた。

したがって、教育者の道なら嘉子当人も、想うところがあるはずだ。——と信じていたのである。

嘉子は、父親の当惑を読み取ったのだろう。貞雄に対して、明瞭な説明をしなければ、と考えた。

子供なりの言葉で、懸命に一言一句丁寧な説明をした。

「教師は、どれほど優れた人でも、受け持てる子供は、せいぜい三、四十人です。それだけの子しか導けないお仕事です。

だけど、この国には、導いてあげなければいけない子供たちが、もっともっとたくさんいます。ご家庭のおカネの事情で、満足に小学校に行けない子さえ、います。

私はどうせなら、そうした子たちをできる限り多く助けて、導いてあげたいのです。

それがかなえば、この大日本帝国は、もっともっと優しさにあふれた国になります。

私は、そんな仕事がしたいのです」

堂々とこれだけ述べた嘉子は、きらきらと眼を輝かせ、決然とした顔で、貞雄を真っ直ぐに見つめた。

貞雄は、驚嘆した。いや、驚愕した。

「これが、わずか十二歳の女子の考えることか。これほどの子が、私とノブの子供なのか」

これほど大きな、高い志を持つ子供に対して、これ以上どんな説得が出来るのだ。

貞雄は、もはや頭が働かなくなってしまった。そして、じつに何の気なしに、深く考えもせずに、ポツリと、つぶやいた。

「それだったら、法律家かなぁ……」

つぶやいた後で、貞雄はハッとした。

「いや、いや。何を馬鹿げたことを」

と。

事実、女性の法律家など、旧幕時代から昭和初期まで、一人として存在しない。

貞雄は銀行マンとしてこれまでずっと勤めてきた。が、じつは東京帝国大学の法科大学の出である。その体験から何気なく「法律家」という単語が浮かんだのだ。

しかし、法律を学んできただけに、逆に、女性が法律を学ぶなど、あまりに非現実的だ。――ということも、強いリアリティで感じている。

ところが、嘉子は貞雄の独り言のようにつぶやいた言葉を聞き漏らさなかった。

そして、飛び上がらんばかりに衝撃を受けた。

「あっ！　それです！　それです！　お父様」

「えっ。何が」

「私の進む道です。

だって、法律のお仕事というのは、御国の決まりを守って、御国を、よりよくするお仕事でしょう。たとえば、辛い暮らしをしている方々を助ける決まりを作れば、国中のたくさんの方々が救われます。

私は、法律家になります。

お父様。すばらしい御助言、ありがとうございました！」

嘉子は、深々と貞雄に頭を下げた。その姿からだけでも、嘉子の興奮が伝わってくる。

貞雄のほうは、狼狽《ろうばい》するばかりである。

「え、え？　嘉子。そんなこと、無理に決まっているだろう」

「なぜですか！」

嘉子は、我が道を見つけたと確信した興奮が、覚めやらず、生まれて初めて父親に詰め寄るように語気を荒らげた。

「だって、女の法律家など、これまで一人として、いないんだよ」

貞雄は、嘉子にすっかり押され気味だった。が、やはり無茶な話だという思いが、頭から離れない。

「ならば、私が、この御国一番目の女法律家になります」

「嘉子。そこまで……」

貞雄は決心した。

嘉子の言葉には何ひとつ間違いはない。だったら、どれほど非現実的だろうと、夢のような話だろうと、精一杯応援してやるのが、親の務めではないか。――と。

「分かった。では、先々の将来をしっかり考えて、進学先を決めよう。けれど、嘉子。進学のためには、入学試験に合格しなければならない。それは、とても大変なことだよ。しっかり試験の準備をしなければならないよ」

「はいっ！　精進いたします。御助言ありがとうございます」

嘉子はもう一度、貞雄に頭を下げた。

嘉子が頭を上げて父娘《ちちこ》が互いの眼を見つめた時は、互いがとても穏やかな顔をしていた。

第三章　女性法律家を志して

嘉子が進学先として選んだのは「東京女子高等師範学校附属高等女学校（通称・お茶の水高女）」であった。

言わずと知れたのちの「お茶の水女子大学」の附属学校である。

お茶の水女子大は、明治八年に「東京女子師範学校」として開設され、その後、日本で初めての高等女学校が、併設された。

こんにちもトップクラスの女子大学だが、その傾向は開設当時からずっと変わらず、昭和初期の時代も、入学は難関中の難関だった。

また、当時の同校は、言ってみれば「良妻賢母育成のスペシャリスト学校」で、同校を卒業すれば良家への花嫁コースは、保証されているようなものだった。たとえば、同じ女子学校でも「女性の自立」を校是として掲げる「女子英学塾（のちの津田塾大学）」などとは、女子エリート校として、対照的だった。

「嘉子さん。あなた、お茶の水高女に進学志望だそうですね」

ノブは、とてつもない上機嫌で、嘉子に話しかけた。

「はい。お父様が勧めてくださったのです」

「とても良いご判断ですよ。受験のために、しっかりお学びなさい。あなたならきっと合格できます」

貞雄は嘉子に、進学先としてお茶の水高女を勧めた。

女子の教育に熱心なことで有名なところだから、そこから嘉子の「法律家の夢」への道も開けるだろう。――と考えたのである。

「嘉子は、お茶の水高女を目指すそうだよ」

貞雄からそう聞いたノブは、嘉子が「格式高い良家へ嫁入りをして、賢夫人となることを目指している」と、すっかり勘違いしたのだ。

貞雄はノブに、嘉子の〝本当の夢〟までは、あえて話していなかったのである。

「ノブが、嘉子の法律家志望などという話を知ったら、泣かんばかりの大騒ぎをするに違いない。それに、嘉子自身も進学後に心変わりするかも知れないし……」

貞雄は、ノブへの思い遣りから、すべては伝えなかったのだ。

かくして昭和二年の春。

嘉子は、お茶の水高女を受験。見事に……と言うよりアッサリ合格した。

この年の合格の競争倍率は、二十倍。しかも、受験生たちは全国から集った才女の少女ばかりである。その中で、悠々と合格したのだから、嘉子の優秀さは、たいしたものだった。

入学後の活躍ぶりも、すばらしかった。周りから尊敬の眼で見られ、慕われた。

それも、学業ゆえばかりではない。

入学後、一年生は卒業生の謝恩会で、演劇をすることになった。

「劇の内容は『チルチルミチル』に決まりました」

教師が生徒たちに知らせると、皆、驚きと喜びで教室中が騒ぎ出す。

『チルチルミチル』とは、言うまでもなく童話劇『青い鳥』のことで、ベルギーの作家モーリス・メーテルリンクが一九〇八年に初演し、たちまち世界的に人気となった。主人公の兄妹《きょうだい》チルチルとミチルが不思議な世界を旅する冒険の物語である。

教室の騒ぎの中心は、他ならぬ配役であった。より具体的に言うのなら、主役の一人「チルチル」を誰が演じるか。――である。

「チルチルって、お兄さんですわよね。男の子ですわよね」

「私、男の子の役をやるの、恥ずかしいわ」

「私、ミチルだったらやりたいですわ。可愛《かわい》い女の子ですもの」

「あら、ずるいわね」

こうなると、才女の集まりとは言え、十二、三歳の女子たちである。話は、劇とまるで関係ないことまで話題が広がって、楽しげに騒ぐこと、このうえない。小鳥たちがピーチクパーチク騒いでいるようだ。

教師のほうは慣れたもので、適当に騒がせて生徒たちがある程度落ち着いてから、

「はいはい。皆さん、静かにしてね」

と、手を何度も叩《たた》いた。

「台本作り、衣装作り、大道具に小道具……。一つの芝居を作り上げるには、皆さんそれぞれの努力が必要です。ですが、皆さんが今一番気になさっているのは、配役ですね。ですから、まずは配役を決めましょう。演じたい人に、立候補してもらいます。そのうえで、投票によって決めましょう」

教師は、おもむろに一息ついて、

「では、まずチルチルを演じたい人、手を挙げてください」

と、声を張り上げた。

誰もが、

「男の子の役なんて……」

と躊躇《ちゅうちょ》し、ざわつく中。

「はいっ」

颯爽《さっそう》と手を挙げたのが、他ならぬ嘉子である。皆がいっせいに、嘉子のほうを見た。

「さすが嘉子さん。他の人がやりたがらないので、あえて自分が引き受けようと思ったのね」

皆がそれぞれに、嘉子の度胸の大きさや自己犠牲の思い遣りなどを感じ入って、彼女へ尊敬の眼差《まなざ》しを向けた。教師は、教室をぐるりと見回して、

「他には誰も立候補は、いませんね。それでは、チルチルの役は武藤さんに決まりました」

クラス中が、敬意を込めて拍手した。

「一所懸命に務めます。よろしくお願いいたします」

嘉子は席を立ち上がって、堂々と挨拶した。

もっとも。嘉子に格別の自己犠牲の精神などは、なかった。ただ、本当にやりたかったのだ。

嘉子は「宝塚歌劇」の大ファンだった。

宝塚歌劇の興業は、大正三年に兵庫で旗揚げされ、大正七年には東京に進出した。東西ともに大人気で、多くの少女たちがファンとなった。言うまでもなく、メンバーはすべて未婚女性で、男役も、もちろん女性。こんにちまで、この伝統は続いている。

嘉子は、当時の宝塚歌劇団の男役の大立て者で大ベテランの雪野富士子《ゆきのふじこ》の大ファンだった。したがって、演劇で男役を演じることは、彼女にとっては、むしろ憧れだったのだ。

嘉子は、正式に歌やダンスのレッスンを、受けた経験はない。しかし、元もと才能があった。雪野富士子の見様見真似《みようみまね》で、歌やダンスを、素人なりにかなりのハイレベルで会得していた。だから、チルチル役にも意欲だけでなく自信があった。

嘉子を中心としてクラスは一致団結。懸命な稽古を続けた。

そして、謝恩会当日。

「次の題目は、一年生による芝居『チルチルミチル』です」

進行役が声を上げると、幕が開いた。

演技する一年生たちは、懸命の稽古が実を結んで、見事な芝居を演じた。台本は歌劇調だったので、それぞれが要所要所で、美しい歌声を会場に響かせた。

「ああ、お兄様。この国にも、青い鳥はいませんでしたわ。いったい青い鳥はどこにいるのかしら」

ミチル役の少女が泣き崩れるように、チルチル役の嘉子に語りかける。

「ミチル。あきらめてはいけないよ。青い鳥は、きっと見つかるさ」

嘉子は、男言葉で台詞《せりふ》を語る。そして、

「ああ。青い鳥。おまえはどこにいるのだい。僕達は、きっとおまえを見つけだすよ……」

と、優雅な踊りとともに、透き通ったきれいな歌声を披露した。

「あの子、お上手ねぇ」

「踊りが、とても上手《うま》くてよ。どこでお稽古していらっしゃるのかしら」

「見て。指先まで、きれいに舞っているわ。一年生で、あんなに美しく舞えるなんて」

観客席からは、ヒソヒソと嘉子の演技を称え、驚く声がささやかれていた。

「でも……。なんだか、どこかで見たような踊りねぇ」

「あ。私も、そう感じたわ。どこでかしら」

観客席のヒソヒソ声には、やがて、そんな言葉が飛び交い始めた。そして、一人の女子が、思わず大きな声を上げた。

「あっ！　雪野富士子様よ。富士子様に似ているのよ」

「そうだわ！　あの指先。富士子様に似ているわ」

なにしろ、お嬢様学校のことだから、生徒の大概は宝塚歌劇を何度か観劇しているし、雪野富士子の大ファンという生徒も、多い。観客席は、ザワザワと、その話題で持ち切りとなった。

それもそのはず。嘉子は、チルチル役の芝居をするに当たって、雪野富士子の演技を何度も繰り返し頭の中で思い出しては、それをイメージし、役を練り上げてきたのだ。

もっとも、舞台上の一年生たちは、芝居を進めるのに必死で、そんな観客席の声など耳に入らない。嘉子も、自分が歌いながら踊り出すと観客席のざわつきが大きくなるのには気づいていた。が、そんなことに気を回す余裕は、さすがになかった。

芝居もクライマックスに近づくと、観客席の騒ぎも収まり、誰もが舞台に見とれていた。

そして、終幕。

観客席からは大喝采で、拍手の音が鳴り止《や》まなかった。

嘉子たちは、舞台の裏で大きな拍手を聞き、誰もが大喜びした。中には感激のあまり泣き出す者も、いた。

「大成功よ」

「すばらしいお芝居が出来たわ」

「きっと、生涯の思い出になるわ」

皆が手を取り合い、抱き合って、芝居の成功の喜びを噛《か》み締めた。それは、嘉子も同じだった。

「嘉子さん。あなたのチルチル、すごく素敵だったわ」

「ありがとう。でも、このお芝居は、この中の誰一人欠けても成功しなかったのよ。皆の力のおかげよ」

嘉子は満面の笑みで、皆をねぎらった。自分としても、やり切ったという充実感で、胸が一杯だった。

「お芝居って、見るのもやるのも楽しいわ。私も、いっそ役者を目指そうかしら」

嘉子は、ふと、そんな考えが頭に浮かんだ。が、

「でも、私みたいな丸顔じゃ、だめね」

と思い直し、独りクスクスと、自分で自分を笑った。

あとから、観客席で「チルチル役の演技が、雪野富士子に似ていた」と、ちょっとした騒ぎになったことを、嘉子は人伝《ひとづて》に聞いた。それを初めて聞いた時、嘉子は喜ぶより、恥ずかしさで顔を真っ赤にした。

謙虚な人柄でも、あったのである。

この芝居は、学内で何年間か語り草になった。もっとも、嘉子当人は、その話をしたがらなかった。

それからも、嘉子の学校生活は充実していた。多くの友とも出会えて、

「この学校に入って、良かった」

と、心底思った。

ちなみに、日本の女学生の制服のイメージはセーラー服がスタンダードだが、セーラー服は大正時代の末期頃から着用され始めたものである。もっとも、昭和初期になってなお、上流とされる学校の女子生徒は、明治時代以来のえび茶色のはかまが制服で、両者が並立、混在している学校もあった。

嘉子の学校では、専科（三年生以上）の女子生徒たちは「はかま組」が主流で、休み時間も、物静かに過ごす者が多かった。対して、嘉子たちの予科（一・二年生）は「セーラー服組」が多かった。

嘉子たちは、休み時間は大声でケラケラ笑いながら、スカートを翻して走り回り、大はしゃぎする行動派で、学内では女子生徒の有り様も、対照的だった。

嘉子はもちろん「セーラー服組」の筆頭株である。

そもそも嘉子は、情熱的で……と言うより、激情家だった。仲の良い友人とでも、意見が合わなければ、口喧嘩《くちげんか》さながらの激しい遣《や》り取りをした。

ある日のことである。

「ねえ、嘉子さん。聞いてくださる？

このあいだね、親戚の伯父様の家に御使いに行ったら、御駄賃代わりに金太郎《きんたろう》飴《あめ》をいただいたの。はしたなかったけど、美味《おい》しそうだったものだから、なめながら帰ったの。そしたら、みすぼらしい着物を着た男の子が、いてね。私が口の中で飴をなめてるのに気がついたらしくて、すぐそばまで寄ってきて、しばらく後ろから黙って付いてきたのよ。

私、なんだか可哀想《かわいそう》になって、

『金太郎飴よ。差し上げるわ』

って、袋ごと、その子に飴をあげたの。

そうしたら、その子ちょっとビックリした顔をしたけど、袋をかっさらうように取って、そのまま黙って、走って行っちゃったのよ。

お礼の一つも言わないで。

やっぱり貧しい家の子は、だめね。全然、礼儀を知らないんだもの。私、なんだか、とても腹立たしく思ったわ。嘉子さんも、そんな貧しい子とは関わらないほうが、よろしくてよ」

ある友人が、休み時間に、笑いながらそんな話をしてきた。友人としては、暇潰しの軽い話題として、話してきただけだったのだ。

ところが、嘉子は、この話を聞くなり、猛烈に怒り出した。そして、激しい口調で、こう言い返した。

「貧しい家の子が貧しいだけで、だめだなんて、あなたこそ失礼よ。その子が、お礼を言わなかったのだって、何か理由があるのかも知れないじゃないの。何かを他人様《ひとさま》にいただくなんてこと、そもそも、その子にはそんな体験がなかったかも知れない。そうした時には、お礼を言うものだってこと、お父様にもお母様にも、教わってなかったかも知れないじゃないの。教わっていないことができないのは、当たり前よ。その子をいきなり〝だめな子供扱い〟するのは、それこそ可哀想だわ」

思いもかけない嘉子の熱弁に、友人は面喰《めんく》らった。けれど、嘉子に言い負かされるのが少し悔しくて、

「え……。でも、何かしてもらったらお礼を言うのなんて、小さい子でも知ってて当然じゃなくて」

と言い返した。すると、嘉子はさらに、

「そんな考え方は、間違ってるわ。私たちが当然と思ってることでも、知らない子や分からない子は、この世にいるのよ。そうした子が、ふだんどんな想《おも》いで生きているのか、あなた、考えたことがあって？」

と、厳しく迫った。嘉子はその時、うっすら涙を浮かべていた。その話の子の境遇を想像し、哀れに感じたのである。

嘉子の怒りながらも悲しげな顔を間近に見て、友人も、自分の軽率さを何となく感じたようだった。

「そうね。ごめんなさい。私、自分のことしか考えられなくて」

素直に頭を下げた。嘉子は涙を拭って穏やかな笑顔になり、こう言った。

「ねえ。世間様には、私たちの知らない不幸が、きっといっぱいあると、私は思うの。学校で学問だけしていても、足らないことが、あると思うの。私はね、そういう不幸な人たちを少しでも手助けできる大人になりたいと、思うの」

と、自分の気持ちを素直に伝えた。

友人は、

「素晴らしいお考えだわ。私、感動した」

と言ってから、

「やっぱり嘉子さんには、かなわないわ。お考えの高尚さも、口喧嘩も、ね」

と、笑顔で付け足した。

嘉子もクスクス笑いながら、

「あら。口喧嘩だけじゃなくて本当の喧嘩だって、私、強いのよ。弟たちと相撲《すもう》を取っても勝つんだから」

と、答えた。

嘉子は万事こんな調子で、自分が正しいと思うことは、遠慮なく激しく他者にぶつけた。それでも、最後には相手をねぎらい、笑って話を終わらせるので、その後のわだかまりは、残さなかった。

だから、激しくぶつかった友人との友情も、壊れることはなかった。

時が経《た》った。

お茶の水高女に入ってから四年が過ぎ、嘉子は成長した。セーラー服も何着か、成長につれて換えていった。

高等女学校は、言わば、こんにちの中学校と高校を合わせたような教育機関で、四、五年制である。卒業すれば、大学進学の歳《とし》となる。

つまりは、嘉子も、いよいよ大学進学を身近なこととして、本格的に考えねばならない時期となったのだ。

母のノブは、当然、嘉子がそのまま「東京女子高等師範学校（通称・お茶の水大学）」に進むと信じて、まったく疑いを持っていなかった。それはすなわち「卒業後に良家へ嫁ぐ」ということで、嘉子が職業婦人を目指しているとは想像もしていなかった。

ある日のこと。

「お父様、お母様。お話があります」

嘉子は、いきなりそう切り出した。

「なんですか？　改まって」

ノブは、嘉子の真剣な顔を見て、怪訝《けげん》に感じた。漠然と嫌な予感が、頭の中でバチンと火花が閃《ひらめ》くように湧き上がった。

これまで順調に学業を修め、あとは「お茶の水大」に進学するだけの今、何を今更、どんな話をする気なのだろう。――と。

一方の貞雄は、

「とうとう来たか」

と、嘉子の話を察し、そして、これから嘉子に将来の夢を聞かされるノブの気持ちを察した。

貞雄は沈痛な面持ちで、黙って座敷の真ん中に胡座《あぐら》をかいた。その隣にノブが正座し、次に、二人に対座して嘉子が正座した。

「お父様、お母様。私はお茶の水大には進みません」

「なんですって！」

嘉子からこう切り出された時、ノブは、いつもなら決して張り上げないような大声で、そう叫んだ。嘉子の言葉が十分に理解できないほどだった。そして、そのまましばらく絶句した。

嘉子は、ノブの愕然《がくぜん》とした様子を見、少なからず申し訳なく感じた。なにしろ、たった一人の娘に、母の希望が打ち砕かれたのだ。

嘉子は、十分にそれを承知していた。

しかし、将来について父と語り合った、あの遠い日から、嘉子の決意はまったくぐらついていなかったのである。

嘉子は、思い切って、

「私、大学を出たら、法律家になりたいのです。そのためには、法科のないお茶の水大には、進むわけに行かないのです」

と、ゆっくりと嚙《か》み締めるように語った。

「馬鹿をおっしゃい！」

いきなりノブが、怒鳴りつけた。

「大学を出ても、すぐに嫁入りしたくない――と言うのなら、まだ分かります。職業婦人を目指したいというのも、まだ分かります。

けれど、法律家ですって？　あなた、自分が女だということを分かっているのですか！

選《よ》りにも選って、女の法律家だなんて。

そんな馬鹿げた考え、世間様に通じるわけがないでしょう！」

そうなのだ。先にも触れたが、昭和前期のこの当時、法曹界に女性が入るなど、日本中の誰しもが、容易に想像できなかった。まったくの非常識な発想だ、とさえ言って良い。

「私は、お前が晴れて良家へ嫁入りすることだけを夢見て、これまでお前を育ててきたのですよ。その想いを、お前は、無惨に打ち壊す気なのですか。母の想いなどどうでもいい、と言うのですか」

ノブは、半泣きで、切々とこう訴えた。

「あなたっ。あなたからも、この馬鹿娘に諭してやってください」

ノブは、貞雄のほうを向いて懇願した。

しかし貞雄は、下を向いて「はぁ」と、ため息を一つつくと、

「嘉子の将来だ。嘉子の好きにさせてやれ。この娘《こ》なら、どんなに辛《つら》い道だって、やり遂げるだろうさ」

と、逆にノブを諭した。

「あなた……。もしや、嘉子の想いをご存じだったんじゃ……」

ノブは、さすが賢婦人、察しがいい。

「そうだったのですか。お二人で話をしておいて、私にだけ秘密にしてらしたんですか」

ノブは、夫と娘に裏切られたような気がして、下を向き涙を流した。

とは言え、事前にノブに話していたら、今回のように慌てふためき、嘉子に何とか翻意させようと、話を聞いた日からずっと揉《も》め続けただろう。家庭生活も、その間ずっと陰鬱《いんうつ》となったに違いない。

「貞雄さんは、そこまでお考えで、これまで私に黙っていたのだろう。貞雄さんもお辛かっただろう。ましてや親孝行者の嘉子もまた、母親に対して秘密を抱えていたことが、決して平気だったわけではあるまい」

ノブはそこまで瞬時に考えを巡らすと、落ち着きを取り戻した。

そのまましばらくノブは黙って下を向いていた。嘉子は、ノブの感情が収まったことを察し、少し安堵《あんど》した。

だが、いくらノブが納得したとて、この時勢で女が法律家になること、そんな突飛なことをしたら嫁入り先がなくなることには、どの道、変わりがない。

「嘉子さん。お前は、嫁入りする気はまったくないのかえ?」

ノブは、落ち着いた、しかしすっかり焦燥した顔で、半ば絶望的に問うた。

嘉子はしっかりと答えた。

「いえ。嫁入りの選択肢を捨てる気は、ありません。法律家として立った暁には、私のことを理解してくださる殿方がいらっしゃれば、喜んで、その方に嫁入りします。子も儲《もう》けます」

嘉子のまったくの本心である。彼女は、きっとそんな男性に出会えると、信じていた。

だが、これは嘉子の、多分に「夢見る少女のファンタスティックな幻想」だと、この時は言えただろう。

「だから、法律家の女をもらってくれる男性など、常識的に考えて、いるわけがないのよ」

と、この〝脳天気〟な娘にもう一度こう言いたいのを、ノブはグッと我慢した。

「あなた。嘉子さんのこの想いは、あなたがお勧めになったのですか」

ノブは、最後の疑問として貞雄に聞いた。声こそ小さいが、かなりきつい詰問の体《てい》だった。

ノブは、帝大の法科を出ている貞雄が、自身が法律家にはなれなかった夢を、娘を〝そそのかして〟託したのでは。――と、邪推したのだ。

こんにちの感覚だったら、これほどの円満夫婦には考えられない妻の邪推である。が、当時としてはそんなことさえ疑ってしまうほど、「女の法律家」とはあまりに破天荒な発想だったのだ。

貞雄は、正直に告げた。

「うん。嘉子が職業婦人になりたい、と相談を受けた時『女医や教師が嫌なら法律家ぐらいしかなかろう』と、ふと思いついてポツリと言葉をもらしたのは、確かに僕だ。けれど、まさか嘉子の決心が、ここまで固くなるとは思いもしなかった」

貞雄は、半ば後悔と懺悔《ざんげ》の気持ちを込めて、ノブに語った。これで、ノブもようやくすべてを得心した。

「分かりました。ですが、嘉子さん。なぜ、あなたは法律家になりたいのですか」

ノブは、ここでようやく嘉子の真意を問うた。嘉子は、すぐさま答えた。

「この国の弱い人たち、虐げられている人たちを救いたいからです。そのためには、国の決まりや有り様を変えなければならない。だから、そのために法律に携わりたいのです」

じつに明瞭な答である。その言葉には一つも、嘘偽《うそ》りも体裁もなかった。

貞雄もノブも、嘉子の決意が、高みを目指し、慈愛に満ちた確固たるものであることを、確信した。

「私たちは、この娘をこうなるように育てたのだ」

と、二人は誇りさえ、感じた。

ややおいて、貞雄が聞いた。

「それで、嘉子。今のお茶の水高女を卒業して、いったいどうするつもりなのだい。何か具体的な考えが、あるのかい」

嘉子は、待ってました、とばかりに身体を前のめりにして眼を輝かせ、弾むような声で答えた。

「明治大学に進みます」

貞雄とノブは、すぐさま顔を見合わせた。

「明治大学？」

明治大学は、明治十四年に、まず「明治法律学校」として開設された。創立者三人のうち二人がフランス留学を経ていたので、明治早々から「権利自由」を校是としていた。大正九年には、当時の「大学令」によって「明治大学」として発展する。そして、やがて昭和三年。なんと、早々に「女子法科」の設置許可を得、翌年には「女子部」を開校。すなわち「女子の法律学習」に、初めて門戸を開いたのだ。

もっとも、この明治大の決行に追随する大学は、当時は全国を見渡しても一校もなく、嘉子の大学進学時に女子が法律を学べる場所は、明治大学しかなかった。

「明治大学って、神田にある、あの大学かい？」

貞雄は不可思議な顔をして、聞いた。

当時の明治大学は、熱意ある学生たちが集っていた。が、正直、東京帝国大学に比べれば、規模も学問のレベルも、そして何より知名度が、かなり見劣りしていると言わざるを得ない。

〝天下のお茶の水大卒業の切符〟を捨ててまで、なんでまた、そんな私学の一大学を目指すのか。

貞雄もノブも、嘉子の真意を測りかねた。

嘉子は、説明した。

「はい。明治大学は、元は法律の専門学校です。そして今では、女子学生が法律を学べる学科が、あるのです。おそらく我が国で、女に法律を学ばせてくれる大学は、ほかにありません」

「ああ。そういうことか」

貞雄は、今更のように自らの無知を恥じた。

「それにしても、お茶の水大を捨てて……女の幸せを捨ててまで、そんな一私学に進むなんて……」

ノブは、嘉子が帝大を目指すわけではない、と知って、また未練の心が浮かび上がった。

けれど、今になって嘉子の決心を変えられるわけもないことも、十分承知していた。

それでもやはり「未練たらたら」である。

女性の世界に噂《うわさ》が速く広まるのは、いつの時代も同じである。

嘉子は、自分の進学希望について、別段後ろめたい気持ちは欠片《かけら》もなかったので、クラスでの休み時間のおしゃべりに、その話も気楽に語った。嘉子としては、

「へえ。そうなの」

と、友人たちが軽く受け流してくれると、思っていた。

ところが、この話は大騒ぎとなった。

何と言っても、同学年はおろか学校中から一目置かれていた嘉子である。下級生にも

「嘉子お姉様」

と慕ってくる者が数多くいる。話を聞いた下級生たちは入れ代わり立ち代わり、休み時間のたびに嘉子の席に詰め寄った。

「お姉様が、お茶の水大に進学なさらないなんて、あんまりです。私たちは何を楽しみに、学問に精進して進学を目指せばよろしいのですか！」

「お姉様がいらっしゃればこそ大学生活も実りあるものになる、と信じておりましたのに。お願いです。お姉様、どうかお茶の水大で、私たちを待っていらっしゃってください」

嘉子は苦笑しながら、

「私なんかいなくても、この学校の素敵さは変わらないわよ。皆さんは、これからもずっと学校生活を楽しく過ごせるわ」

と、答える。それでも、大抵の下級生は承知しない。休み時間の終わりを告げる鐘が鳴ると、

「また参ります」

と言葉を残し、廊下へと去っていく。中には、ハンカチで涙を拭いながら出て行く者もいた。

「この学校の生徒たちは、お茶の水大を卒業して格式ある家に嫁入りすることだけが唯一の道だと、思っていますもの。嘉子さんが他の大学に去ってしまうなんて、下級生たちは考えもしなかったのよ」

嘉子と親しい友人は、何年も嘉子と過ごして、嘉子の志や夢を理解している。下級生たちに毎日のように迫られて辟易《へきえき》している嘉子を、友人たちは、ただ慰めるしかなかった。

とは言え、嘉子の真意を理解してくれている友は、さすがに多くない。嘉子は、

「早く卒業したい」

と、そればかり考えていた。

進学希望先の大学には、高等学校の卒業証明書を提出せねばならない。その発行手続きをした嘉子は、その際に教師からも、

「武藤さん。あなた、お茶の水ではない大学にお進みになりたい、というお話ですけれど、どこへ行かれるの？」

と、問いかけられた。

「明治大学です」

「え？　明治……？　どうして、また？」

「法律家になるためです。女子が法学部に進める大学は、そこしかないので」

ここで、教師もまた、ノブ同様に卒倒しそうになった。

「法律家！　おやめなさい！　女性が、そんな職業に就けるわけがありません。ね、今からでも考え直して。そんな道を進むのは、嫁入りを捨てるのも同然よ。女性の人生の破綻よ」

教師は、青い顔をして嘉子の説得にかかる。嘉子は「またか」と、内心うんざりしながらも、事細かに自分の気持ちについて、説いて聞かせた。

教師も最後には、

「そうですか。精進してください。でも、あなたほどの方ですもの。いつでも、お茶の水大を受け直して、帰っていらっしゃれるのよ」

と、意気消沈で答えた。

嘉子の夢を、励まし後押しする感じではなかった。

嘉子は、卒業証明書を持ち帰り、両親に見せた。

「お父様、お母様。無事、高女を卒業することが出来ました。これも、お二人が私に愛情を注ぎ、育ててくださったおかげです」

と、丁寧に正座して頭を下げた。

父の貞雄は、すっかり観念し、

「おめでとう」

と、一言だけ答えた。表情に明るさはなかった。一方、母のノブは、改めて現実を突きつけられた気持ちが高まって、

「これで、嘉子さんは嫁入りできなくなったのね……」

と、つぶやくと、涙を流して顔を伏せた。

「ノブ。めでたい娘の卒業だ。祝ってやれ」

貞雄が、ノブを慰めるように肩を抱く。ノブは、それでも、

「だって……」

と、素直に喜べなかった。

嘉子は、そんな両親の様子を見つめながら、

「女が法律家を目指すって、そんなに変なことなのかしら……」

と、両親の姿を、何だか他人事《ひとごと》のように、遠くに眺めるかのように、ぼおっと眺めて

いた。

かくして、昭和七年四月。

嘉子は「明治大学専門部女子部法科」に、入学した。

第四章　司法試験の壁

明治大学の雰囲気は、高女のそれとは、まるで違っていた。

なにしろ生徒は、ほとんどが男子学生で、入学式に居並ぶ新入生たちの中に、ポツンと女子の嘉子が立っているのである。

「おい。女学生だ」

周りの新入生たちは、もちろん少なからず驚いた。けれど、彼らは皆、明治大が女子に門戸を開いたパイオニアの学校だと当然知っているから、それ以上は、驚きはしなかった。むしろ好意的な眼を向けてくれていた。

「こんにちは。初めまして。同窓になりましたね。僕達一年生は、どうしたって男子が大半ですけれど、あなたも同じ法律を学ぶ同志です。仲良くやっていきましょう」

後ろに立っていた一人の男子生徒が、おずおずしながらも声を掛けてくれた。

嘉子は、思わず口を押さえた。驚きではない。歓喜の表情だ。

「ありがとうございます。世間様では『女が法律なんて』と、ずいぶん冷やかされてきたんですけれど、あなたのお優しいお言葉で、そんな悔しさも吹っ飛びました」

そして周りを見渡すと、誰もが歓迎の優しい眼で、こちらを見てくれている。

嘉子は、すっかり感激して、

「皆様。私は武藤嘉子と申します。どうぞよろしくお願い申します」

と立ったまま、頭を下げた。周りから拍手が起こった。嘉子は改めて、

「明治に入って良かった」

と、心が一杯になった。

さて、この年に法律家を目指して明治に入学してきた〝変わり者の女生徒〟は、嘉子だけではない。

「明治大学専門部女子部法科」には、数人の女子生徒が、いた。中には、わざわざ大阪から出てきた者もいる。日本中で、女子が法律家を目指すためには、明治大に入るしかなかったからである。

彼女らは、すぐに仲良くなった。誰もが、ここに入る前は、親に反対され、世間に馬鹿にされてきた。そんな境遇は皆、大差なかった。だから、皆はまず、そんな境遇への不満や怒りをぶつけ合った。

人間、誰しも、悔しさや怒り、悲しみといった「負の感情」を、まず叫びたいものである。それが人の本音・本心というものだ。

しかし、そんな感情をぶつけ合える相手なんて、そうはいない。大抵は、まず善意の人間として自分を繕い、互いの人間性を探り合う。今後の自分の平穏な暮らし、損得のために。

その点、彼女らは、互いに境遇を同じくしているし、何より誰もが、芯が真っ直《ま》ぐ《す》で強靱《きょうじん》な精神の持ち主だった。だから、堂々と自分たちの本音を語り合った。

互いが、自分の気持ちを分かってくれる。――と強く信じていた。

一言で言えば、誰もが強くて純真な少女だったのである。

「あなたは、どうしてこちらの学校にいらしたの？」

「すぐに嫁入りなんて、嫌だったの。だって、そんなの、ただ横暴な殿方に尽くすだけの人生でしょう。馬鹿馬鹿しいわ。だから、職業婦人になりたかったの。けど、女医は血を見るのが嫌だし、教師はなんだかチマチマした仕事みたいで、詰まらないじゃない？　それで、法律家になろうと思ったのよ」

「あ。私も同じ」

「皆、だいたい同じ理由よね」

皆がクスクス笑う。

「私は、父が弁護士だったから、父に憧れて、ここに来たのよ」

「あら。素敵ね。お父様って、やっぱり憧れよね」

「ええ？　私は、そうでもないけど」

皆が、今度はケラケラと笑い合った。

「でも、私のお母様は、最後まで反対してらしたわ。私が、ここに入るために机に向かっていると、時々部屋に来ては、お見合い写真を見せてくるのよ。うっとうしいったら、ありはしなかったわ」

この少女は、思い出すのもいまいましい、といった調子で、語気を荒らげた。

「あ。うちもよ。何かというと『女の幸せは嫁入りだ』って、ポツリポツリと小声で言うの。私、いらいらしたわ」

ここで嘉子が、言葉をはさんだ。

「でも、お母様方は、私たち娘の幸せを思って、のことでしょう。皆さんのお怒りはもっともだけど、感謝の気持ちも忘れたくないわね」

皆は、一瞬ドキリとした。大抵の者はそんな考え方をしたことは、一度もなかった。

嘉子は、話を続けた。

「私なんか、もっと悔しい目にあってよ。

家で懸命に学んでいるのに、外から、師範だか何だかの男子学生たちが、

『この家の女、法律家になりたいんだってよ』

『大馬鹿女だ。女がなれるわけないじゃないか』

って、聞こえよがしに大声でしゃべって、最後は皆で、大笑いしていくのよ。私、悔しくて悔しくて、仕方なかった」

嘉子は、思い出しては悔し涙を流す。

「まあ。それは、ひどいわね」

「嘉子さん。お辛《つら》かったでしょうね……」

こんな調子で、誰もが今まで口に出せず溜《た》め込んでいた不満鬱積を話し合うと、スッキリして、一層仲良くなれた。

あとは、誰もがそれぞれの夢を追っていくだけである。

授業は楽しかった。

幸運だったことは、民法の基礎を教えてくれた担任が、横柄な男性教師ではなく、優しい女性教師だったことである。この教師は講義も上手《うま》くて分かりやすく、生徒の彼女たちは、皆が熱心に学んだ。

とは言え、遊び盛りの少女たちである。

学校が終われば、連れだって神田《かんだ》駿河《するが》台下《だいした》の街に出た。甘味所に入っては、餡蜜《あんみつ》を食べながら取り留めのないおしゃべりをする。

三省堂書店に立ち寄って法律の専門書の棚を一通り見ると、あとは恋愛小説の棚があるフロアへと、足早に向かう。本を棚から取り出しては、なんやかんやと、書評めいた会話に花を咲かせる。時には、立ち読みに耽《ふけ》ってしまい、皆が並んで、無言のまま本に食い入るようにページをめくることも、あった。


嘉子の優秀さは、ここでも変わらなかった。

試験があれば必ず一位で、誰もが嘉子に敬意を払った。

「嘉子さんには、かなわないわ」

ここでも、お茶の水高女と、同じことを言われた。

勉学に人一倍励んだ嘉子だったが、友人との遊びにおいても、積極的でリーダー格だった。ある時には、どこで仕入れたのか、嘉子が占いの道具一式を、学校に持ち込んだこともある。

何しろ年頃の少女たちである。占いとなれば、皆が目の色を変えて大騒ぎした。

「次の試験の問題を、占ってみましょうよ」

一人がそう言うと、

「素晴らしいお考えだわ。早速占いましょうよ」

「これで、皆が満点ね」

などと、他愛ないことに真剣になる。

どれほど学力優秀でも、やはり少女であることに変わりはない。

そして、昭和十年春。

明治大学専門部女子部法科を無事に卒業した嘉子は、そのまま明治大学法学部に進む。

ここから先は本格的に男女共学で、周りは男子学生ばかりである。

それでも嘉子は、まるで物怖《ものお》じしなかった。教室でももちろんだが、一緒に進学した女子の友人たちと大学の合唱団に入り、男子学生たちの中で堂々と歌声を披露した。

「武藤さんは、声に張りがあって、よく通る。ソプラノソロのパートをやってもらおう」

指揮者の上級生がそう提案すると、皆が賛成して拍手を送った。さすが明大法科の学生たちである。男女差別で女子を蔑視するような者は、一人もいない。

嘉子は、ほとんどが男子学生のクラスでも、トップの成績を維持し続けた。家で一人の時は、ひたすら机に向かっていたのである。

定期試験の時には、嘉子の席の前後左右の男子学生たちが、嘉子をそっと指でつつく。

嘉子が答案用紙からちょっと顔を上げて、相手を見ると、

「武藤さん。問二の答を教えておくれよ」

と、小さな声で聞いてくる。カンニングを頼んでくるのだ。嘉子もまた小さな声で、

「だめよ。ご自分でお解きなさいな」

と、少し笑って優しく返事する。

嘉子は、不正は大嫌いである。けれど、同級の男子がそんなふうに自分を頼ってくるのが、ちょっとだけ嬉《うれ》しくもあり、相手を可愛《かわい》くも感じるのである。

「周りの男子学生さんたち、試験のたびに、つついてくるのよ。こそばゆいったら、ありゃしない」

「男って、こまったものね」

試験が終わると校庭で女子の友人たちと、こんなふうに話をして皆でクスクスと笑い合った。

こうして明大法科の日々も、嘉子は楽しく過ごした。とは言え、恋愛沙汰の話は、まるでなかった。

男子学生たちも、卒業後の来たるべき司法試験に備えて学業に懸命だったし、それは嘉子たち女子学生も同じである。お互い、浮ついた付き合いなど、思いもしなかったのだ。

「法律家になるとお嫁に行けないって、お母様がいつもおっしゃってたけど、それって本当なのかしら」

嘉子は、今更のように思い返した。

嘉子は、結婚願望は子供の頃から持っているのである。それで、少しだけ不安になることが時々あった。けれど、

「まあ、なるようになるわ。とにかく今は、法律家になる学業に取り組まなくちゃ」

と、ウジウジ考えたりせず、すぐに切り替える。万事に度胸があるのである。

昭和十三年三月。明治大学法学部、卒業。

卒業式では、嘉子は総代を務め、壇上で卒業証書を受け取った。

法学部全学生の中で、トップの成績だったのである。

その日、武藤家では、ささやかな祝いの席が設けられた。ノブが腕を振るってこしらえた料理が卓袱台《ちゃぶだい》に並び、家族全員が揃《そろ》った。

「嘉子。卒業おめでとう。卒業式で総代を務めるとは、大したものだ。本当によく学問に励んだね」

貞雄が、まず祝いの言葉を述べた。

「姉様。おめでとうございます」

四人の弟たちも、純粋に祝いを述べた。

「嘉子さん。これで、あなたは女の身一つで生きていかなければならなくなったのよ。懸命にお生きなさい」

一方、ノブは、少し悲しげに忠告した。

「これで嘉子の嫁入り話は完全になくなった」

と、思っていたからである。

「まあまあ。今日は祝いの席だ。その話は、よそう」

貞雄が、ノブを慰めるように声を掛けると、ノブは寂しげに、

「はい」

とだけ答えた。

「お母様。私、嫁入りは今でもあきらめていなくてよ。法律家になっても、きっと良い人に巡り会えると、信じているもの」

ノブを気遣った嘉子は、ことさら明るい声と笑顔で、そう言った。

だが、嘉子も心の中では、半ば結婚をあきらめていた。

明治大に入ってから、たまに高女時代の知人と、お茶をすることがあった。彼女らは当然、お茶の水大に進学している。

「嘉子さん。あなた、今は何をしていらっしゃるの」

嘉子は特別に親密な友人以外には、高女卒業後のことについて話していなかった。そ

れで、

「今は、明治大学で法律を学んでいるの」

と、包み隠さず正直に語った。

すると、一斉にカフェのテーブルを囲っていた知人たちは、

「法律！」

と叫んで、あとはいぶかしげな目で嘉子を見つめる。中には、

「こわいわぁ……」

と、思わずつぶやく者も、いた。

当時の一般的な女学生にとって「法律家を目指す」ということは、女の幸せ、すなわち「嫁入り」の道を自ら捨てるという意味につながる。それはたとえるなら、自ら断崖絶壁から飛び降りるような〝感覚〟だったのである。

テーブルに、凍ったような気まずい空気が一瞬で流れた。嘉子は、まるで、自分が世間から否定された〝日陰《ひかげ》もの〟になったような気がして、黙ってしまった。

しばらくして、中の一人が、宝塚歌劇だの流行のファッションだのに、無理矢理に話題を変えて会話を続けた。が、誰も嘉子には、明治大でのことは聞こうとしなかった。

そんなことがあってから、嘉子は「法律家の女は嫁に行けない」という母のノブの言葉が、リアルにグサリと心に突き刺さっていたのである。

「それでも私は、法律家の道を進む。そして、この国の弱い人のために働くんだ」

弟たちがワイワイと楽しげに祝いの料理をつついている中で、嘉子は独り、改めて強い決意を誓った。


さて、言うまでもないながら、大学の法学部を卒業したからと言って、そのままスンナリ法律家になれるわけではない。

法学部の卒業生たちは、次には司法試験を受け、それにパスしなければならない。

これがまた、それこそ明治時代からこんにちの令和時代に至るまで、変わることなく難関中の超難関試験なのだ。

何年間も掛けて何度も何度も受験する者もいる。一方、早々にあきらめて、法学部を出ながら一般企業に就職する者も少なくない。

だが、嫁入りを半ば以上あきらめていた嘉子は、

「もう、あとへは退《ひ》けない」

とばかりに、猛学習に日々を費やした。

明治大法学部トップ卒業というプライドも、ある。

「ここで、司法試験に落ちては大学の名に泥を塗る」

とまで思い詰め、とにかく必死だった。

嘉子の学習ノートは、オリジナルに工夫されたものだ。

まず、半紙を二つ折りにする。そして左右それぞれに、問題の写しと解答の写しを、並べて書き込む。こうして、常に問題と解答をセットで覚える。最後には、解答が書かれた半分を隠して、問題の半分だけと睨《にら》めっこし、自らの頭で解答を導き出す。そんな作業の反復練習で、ひたすら頭に刷り込んでいくのだ。

「姉様。これは、大した発明ですね」

弟の輝彦が、そのノートを見て、たいへんに感心した。

「これなら、馬鹿でも司法試験に合格できるわよ」

嘉子は、少しだけはにかんで、それでも笑顔を見せた。

もっとも、さすがの嘉子にも、絶対の自信などなかった。

「合格する。合格する。合格する……」

ひたすら念じるように、祈るように、心の中で繰り返しながら、自作ノートに向き合った。

そして、昭和十三年七月。

嘉子は、初の司法試験に挑んだ。「高等文官試験司法科」である。

まずは、筆記試験。こののち、日を改めて受験生は次の口述試験に移る。

筆記試験の日の朝、家族皆に見送られて家を出た嘉子は、試験会場に着くと指定の席に座って、

「フー」

と、一つため息をついた。

「大丈夫。きっと大丈夫」

周りを見ると、自信満々といった顔の男子学生もいれば、青い顔をして時間ギリギリまで参考書を食い入るように読み込んでいる者もいる。

「あ」

そんな中、嘉子は思わず小さな声を上げた。

女子が、何人か試験会場の席に着いているのである。

もちろん誰もが、明治大学法学部の卒業生で、顔見知りだ。しかし嘉子は、席を離れて、

「一緒に、合格しましょうね」

などと声を掛ける気には、まるでなれなかった。

「彼女たちが受かって、私が落ちたらどうしよう」

嘉子の頭はパニック寸前である。元々が謙虚な性格だから、いざ自分独りのこととな

ると、不安が真っ先に頭に浮かぶ。決して楽天的な性格ではないのだ。

やがて、時間になり答案用紙が配られた。

「始め！」

教務官のかけ声とともに、会場中からカリカリと、ペンの走る音が響き渡る。

その音に、嘉子はハッとした。

「こうしては、いられない。とにかく試験に集中しなければ」

ところが答案用紙を見るなり、嘉子の頭の中は真っ白になった。

問題の意味が分からない。

ましてや、解答が分からない。

「分からない。分からない……」

問題の文字がかすんで見える。一つの文を読んで、次の文に目を移すと、前の文がすぐに頭から消えてしまう。

手製のノートで、膨大な量の問題と解答のセットを必死に覚えてきたというのに、それらのどれがどこの問題に当てはまっているのか、思い出せない。

「こんな馬鹿な……」

嘉子は幼い頃から、試験という試験で常に、問題の意味をすぐ理解し、確実な解答を導き出してきた。試験というものに、苦労をした覚えはなかった。

しかし、これが司法試験なのである。まさしく難関中の超難関。嘉子さえも、これほどのものとは想像だにしていなかった。

周りからは、ペンの走るカリカリという音が、耳に響く。もちろん、実際にはさほど大きな音ではない。だが、嘉子の耳には、ものすごいプレッシャー音として襲いかかってくる。

「とにかく、解答欄を埋めなければ」

絶対の自信など、まったくない。けれど白紙で出すなどは、有り得ない。嘉子は、いったん真っ白になった頭を、なんとか立て直し、必死でペンを進めた。

「やめ！」

教官の声が、響いた。嘉子はハッとした。

あらためて、自分の解答用紙を見た。とにかく解答欄はすべて埋まっていた。けれど、一問として自信はなかった。

嘉子は、独り天井を見上げた。身も心もボロボロになったようだった。

受験生たちは、静かに机の上を片づけると、大抵の者が口も利かず、静かに試験場を出ていった。一言で言うならば、誰もが悲愴《ひそう》そのものの顔だった。

試験前に自信満々の顔をしていた者さえ、うなだれて出ていった。中には、涙を浮かべて机をドンドン叩《たた》く者もいた。悔しさか、悲しさか、親にどんな顔を見せていいのか分からない申し訳なさか……。

嘉子もまた、涙がこぼれそうになった。けれど、必死に眼に力を入れて耐えた。

「嘉子さん。いかがでした？」

明治大時代に仲の良かった一人の友人が、走り寄って声を掛けてきた。

嘉子は、黙ったまま首を横に振った。

「そうよね。本当に難しかったわよね」

その友も、ただ沈痛な面持ちで、そう答えただけだった。

「ごきげんよう」

「ごきげんよう」

二人は、挨拶だけしてその場で別れた。

季節は七月。初夏の頃である。帰路トボトボと歩く嘉子に、そろそろ蒸し暑くなってきた風が吹いてくる。

それがなぜか、嘉子の心をすり抜けていくような気がした。

ようやく家に着いた嘉子は、黙って格子戸を開けた。その音に気づいて、ノブが割烹《かっぽう》着《ぎ》で手を拭きながら足早に玄関にやってきた。

ノブは嘉子の肩を落とした様子を見るなり、だいたいのことを察したようで、優しく、

「お疲れ様でしたわね。嘉子さん」

とだけ、声を掛けた。

ノブの優しい声を聞いたとたんに、嘉子の張り詰めた心が、ダムが決壊したかのように一気にあふれ出した。嘉子は、玄関にそのままぺたりと座り込むと、いきなり涙をボロボロあふれ出させ、ワーワーと泣き出した。

「ごめんなさい。ごめんなさい」

嘉子は、ひたすら謝罪の言葉を繰り返す。ノブが、嘉子のこの急変に驚いたのは、言うまでもない。

「何を謝る必要があるの？　試験がうまく行かなかったからって、そこまで泣くことはなくてよ」

「だって、だって……」

嘉子としては、試験というものにここまで打ちのめされたのは、初めての屈辱だったのである。

嘉子はまったく立とうともせず、そのまま泣き続けた。

「ちょっと待っておいでなさい」

ノブは、泣き崩れる嘉子を残し、突っかけを履くと、そのまま家から走り出した。近所のアパートに向かったのである。

「野瀬《のせ》さん、野瀬さん。武藤でございます」

ノブは、アパートの一室のドアを、ドンドンと叩いた。ドアは、すぐに開いた。

「これは、これは。武藤さんの奥様。こんな夜に、いかがされました」

出てきたのは、利発そうな若者である。

野瀬高生《たかお》。

若いながら優れた法律家で、のちの戦後には、刑事の裁判官となり、幾つもの事件に携わった戦後の名裁判官の一人である。当時は、武藤家の近所に住んでいた。そして、女だてらに司法試験を目指す嘉子の心意気に感じ入り、試験の準備の手伝いもしてくれていた。

「嘉子が、帰ってくるなり大泣きして、玄関から動かないんです」

「ああ。今日は、筆記試験でしたね。なるほどね……。及ばずながら、僕が話してみましょう」

野瀬は、万事を察したように、ノブと一緒に、気軽に来てくれた。

「やあ。嘉子さん。お疲れ様でしたね」

二人が戻った時も、嘉子は玄関に座り込んだまま大粒の涙を流し続けていた。

「まあ、こんな玄関先に座り込んでいては、身体に毒ですよ。取り敢《あ》えず座敷に移りましょう」

野瀬の言葉に、嘉子はコクリとうなずいて立ち上がった。ノブは素早く、座敷に二枚の座蒲団を用意し、お茶を入れてきた。

「で、いかがでした。試験の手応えは」

野瀬は、ごく平然と嘉子に問うた。嘉子は、か細い声で答えた。涙は止まっていた。

「だめでした。どの問題も満足な答が書けませんでした」

「ほお……。ということは、解答欄は全部、埋めてきたんですか」

野瀬が、身体を乗り出して聞く。

「白紙で出すわけには行きませんから。

でも、野瀬さんにも手伝っていただいて、あれだけの模範解答を覚えていったつもりだったのに……。実際の答案用紙を見た途端、模範解答がすっかり頭から消えてしまって……」

嘉子はここまで言って、喉をつまらせた。涙がまた、にじみ出た。

が、野瀬は明るい声で答えた。

「ああ。それなら、まったく大丈夫ですよ」

「え」

「白紙で出したのなら、どうしようもありませんけどね。嘉子さんは、解答欄を埋めてきたのでしょう。初めての司法試験で、答案を書き切れたのなら、至極上等ですよ」

「でも、それが合っているかどうか、まるで自信がありません」

嘉子は、相変わらず沈痛な面持ちである。

「ちなみに、どんな問題にどんな解答を記したのか、幾つかでも覚えていますか」

野瀬は、何の不安げも示さず、聞いた。

「……はい」

嘉子は、幾つかの問題と書いた答について、たどたどしく説明した。野瀬は黙って聞いていたが、

「ふーん」

と、一言もらすと、

「いや、恐れ入った。名解答ばかりですな」

と、満面の笑みを示した。

「そんな……」

嘉子は逆に、すっかり恐縮してしまった。

「よいですか、嘉子さん。法律は数式とは違う。答はたった一つ、ということはないのです。

現実の問題点を確実に洗い出して、それを解決する方策を導き出す。そして、それを形とする。その道筋は決して一つではない。

あなたは、自分なりに考えて導き出した方策を、答案にしたのですよ。そして、それはじつに的確だった。

ノートに記していた模範解答など、幾つかの解答の一つに過ぎません。あなたは、自らの思考で、模範解答を自分なりに消化して、『自分の答』として記したのです。その姿勢こそが法律家の、もっとも求むべきものです。

今日のあなたの解答は、採点官も感服すること間違いなしですよ」

嘉子は、にわかには、自分の試験解答に自信は持てなかった。けれど、野瀬の言葉は信じられた。少なくとも、野瀬に評価されたことが、とても嬉しかった。

「ありがとうございます。そうですね。法律家は、より多くの弱い人たちを助けるのが使命ですものね。私は、その志を忘れかけていたのかも知れない。

たとえ今回の試験が失敗だったとしても、その志を忘れないで、何度でも挑戦する勇気が出ました」

嘉子は、ようやく晴れやかな笑顔になった。

「その信念、じつに結構。でも、嘉子さんに二回目の試験はないですよ。今回の一回目で合格しますから」

野瀬は、自信満々に語った。

嘉子も、ようやく落ち着いた。

ノブは、とにかくホッとした。

さて、十月の、ある朝。

嘉子は、口述試験を受けるため再び家を出た。野瀬の言ったとおり、筆記のほうは合格ラインに達していたのだった。

その姿は、見送りに出た家族が驚くほど堂々としていた。ただ一人、ノブだけが満足げな笑顔を見せていた。

「行って参ります」

嘉子は、しっかりした挨拶をして、家族に頭を下げた。

かつて、野瀬に「大丈夫」と太鼓判を押されたことが、自信になっているわけではない。口述試験まで通ったとはいえ、やはり筆記試験の出来の不安は、拭えない。

けれども、野瀬の言葉は、嘉子に「法律家として生きる自信」を与えてくれたのだ。

おのれの人生の指標を、明確に、純粋に、刻みつけてくれたのだ。

嘉子は立ち止まって、空を見上げた。晩秋の空は、どこまでも高く、澄み渡っていた。

「やれるだけ、やるだけよ」

嘉子は、空に向かってつぶやいた。そして、歯を固く嚙《か》み締めた。

第五章　女性弁護士誕生

試験会場に着くと、受験生は大きな控室に通された。部屋の真ん中にはダルマストーブが置かれ、上に載せられた大きなヤカンがシューシューと音を立てている。

それ以外の音は、何もしない。

椅子が人数分置かれている。皆、それぞれ適当な椅子に腰を下ろした。だが、互いに話をする者もなく、全員、押し黙っている。緊張感が、誰からも醸し出されている。

「口述試験は、一人ずつ行います。名前を呼ばれたら、ドアを出て右側の試験室に入ってください」

教務官はそれだけ言うと、出ていった。

しばらくして、一人ずつ名前が呼ばれ、口述試験の部屋に向かっていった。思いのほか早く戻った者もいれば、なかなか控室に戻らない者もいた。けれど戻った者は、一様に疲れ果てた顔をしていた。

「武藤嘉子さん。試験室に入ってください」

ひたすら眼をつぶり精神を集中して、自分の名が呼ばれるのを待ち構えていた嘉子は、

「ついに来た」

と、カッと眼を見開いた。

試験室の前でドアを三回叩《たた》くと、

「どうぞ」

の声が聞こえた。思わず身震いした。

「失礼いたします」

「武藤嘉子さんですね。そこの椅子に腰掛けてください」

「はい」

試験官は、いかにもベテラン然とした初老の男、三人である。三人は一様に、一枚の紙を無言で覗《のぞ》き込んでいる。

「筆記試験の資料なのだろう」

そう察した時、嘉子は慄然《りつぜん》とした。どう評価されるのか。どこを指摘されるのか。ドキドキと胸の鼓動が、はっきりと感じられた。

ところが、

「いやあ。あなたの筆記試験は、じつに良く出来ていましたな」

と、真ん中の試験官が顔を上げて、とても朗らかに言った。

「え」

嘉子は、思わず一声上げて、あとはキョトンとしてしまった。

「今、なんと……?」

こんな返答をするのは、受験生としては失礼である。試験官の言葉を聞いていなかった、もしくは、疑った。——ということになるからだ。

だが、嘉子の口からは、そんな判断をする前に言葉が出てしまった。あの答案がいきなり評価されるとは、まったく想像していなかったのだ。

試験官は、ちょっと怪訝《けげん》な顔をしたが、すぐに説明を繰り返してくれた。

「じつに良く出来た答案だと、申し上げたのですよ。問題の重要点を的確につかみ取り、正しく理路整然と答えている。最初から最後まで無駄な表現もなく、じつに明晰《めいせき》だ。答案中の法律用語にも、誤りがひとつもない。

そして、何より……」

嘉子は、ゴクリと小さく喉を鳴らした。

「あなた自身の法律に対する考え方が、しっかりと示されている。上っ面の模範解答を写しただけではない。まさしく、あなたならではの解答が示されている。

私たちは、感服しましたよ。実際のところ、今回の筆記試験で、かなり上位の出来映えですな」

嘉子の顔は徐々に赤らんでいた。興奮。恥ずかしさ。これほどの言葉をもらえるとは、もちろん、まるで想像の片隅にもなかった。

「恐縮です……」

小さな声で、そう答えるのが精一杯だった。

「さて、と。

答案で、あなたの資質や知識は大抵分かるから、あらためて聞くこともないのだが……。

ひとつ、あなたの法律観。法律とは何たるものか、という質問に答えてもらいたい」

試験官は、嘉子の眼《ま》を真っ直《す》ぐ見て、真剣に聞いてきた。

嘉子は、ここでグッと気を取り直し、背筋を伸ばした。そして、真っ直ぐに試験官たちを見つめた。

「ここまで来たら、言いたいことを言うだけだわ。筆記試験の出来が本当に良かったとして、ここでの口述が、その点数を下げたとしても構わない。私は、体裁良い答えよりも、私の本心を伝える。

でなければ、今日ここにいる意味がない」

嘉子は強い覚悟を以《もっ》て、冒頭からはっきりと言葉を述べた。

「はい。私は、法律とは、社会秩序を守るための決まりごと。そして、社会秩序を破壊する者を明確に罰する決まりごと。――と捉えております。

そして、その決まりごとは、常に正義の下にあらねばならない。偏見、差別、そして情誼《じょうぎ》でさえ、法律を忽《ゆるが》せにはできない。――と、捉えております」

試験官は黙って聞いていた。

「この受験生には、まだ言おうとしていることがある」

と、確信していた。

嘉子は、間髪《かんはつ》を容《い》れずに言葉を続けた。

「ですが、何より私が法律に求めるものは、社会に、あるいは世界に、幾万といる弱き人たち、人として尊厳ある生涯を送れない人たちを救う仕組みであるということです。

貧しさや身分の低さといった、その当人に責任のない背景から、人として保障されるべき幸福を得られていない人たちを救うための仕組みである。――ということです。

その仕組みが明確なものであるならば、自然と社会秩序も守られるようになる。私は、そう考えております」

嘉子は一気に、しかしゆっくりと丁寧に、答えた。彼女がもっとも言いたかったのは、最後の言葉だったのだ。幼い頃から、法律の役目というものを、ずっとそう考えていた。

「ふむ……」

真ん中の試験官は、左右の試験官の顔を見た。二人とも、小さく頷《うなず》いた。

「こう言ってはどうだか分からんが、私としては、じつに女性らしい……いや、母性のこもった言葉ですな。我々男では、そうまではっきりとは言えませんよ。じつに卓見です」

嘉子は、またハッとして、

「恐縮です」

と、繰り返した。

「本日の口述試験は、以上です。控室にお戻りください」

まだまだ受験生が後につかえている。嘉子はすぐに席を立つと、

「失礼いたしました」

と頭を下げ、静かに戸を開いた。

廊下に出ると、

「フー」

と、ひとつだけ息をついた。自分の脚が、ガクガクと小刻みに震えているのが感じられた。

次の受験生が待っている。すぐにも控室に戻らなければならない。一歩を踏み出した時、少し身体がよろけた。嘉子は、意識して真っ直ぐ立ち直し、控室に戻った。

座っていた席に再び腰を下ろす。自分でも驚くほど、身体の力が抜けてグッタリとした。朝からずっと続いていた緊張感が、一気に抜けたのである。

「試験室から戻ってきた皆さんも、こんな気持ちだったのね」

先に口述試験を済ませた受験生たちが、皆一様に、戻るなり一言も口を利かず椅子に座り込んだ気持ちが、よく分かった。

「でも、私は全力を尽くした。言いたいことを体裁振《ぶ》らず、真っ正直に言い切った。悔いはない」

あらためてこう思うと、何やら力がみなぎってきた。

力を出し切ったからには結果がどうなろうと構わない。……などとは、とても思えない。どうしても受かりたい。筆記試験に思いのほか……と言うより、夢にも思わなかった高評価をもらえたので、正直、その欲も湧いてきた。

「受かりたい。女の身で、ここまで来たからには、もう受かる以外の将来はない」

熱い情熱と欲望が、腹の中でメラメラと燃え上がる。

が、ここで嘉子は、すぐさま冷静さを取り戻した。彼女の謙虚な性格が、興奮する自分自身を諫《いさ》めた。

「いや。一回目の司法試験で、いきなり受かろうというのも図々《ずうずう》しいわ。筆記試験から帰った時の絶望感を忘れてはいけない。

今回はだめでも、私はあきらめない。来期の試験に絶対に挑戦する」

嘉子は、ようやく〝普段の嘉子〟に戻った。

嘉子は冷静に、口述試験の内容を思い返した。そこで一つ、試験官の気になる言葉が、まざまざと頭に浮かんだ。

「じつに女性らしい……いや、母性のこもった言葉ですな。我々男では、そうまではっきりとは言えませんよ」

とたんに、頭の中がモヤモヤしてきた。

「あの言葉は、女の私を評価してくれた言葉なのだろうか。それとも、女性蔑視の嫌みを言った言葉なのか。

試験官は最後に『卓見です』と言ってくれた。私はあの時、それを素直に誉《ほ》め言葉と受け取って、嬉《うれ》しかった。けれど、あれだって女性を軽んじた意味で、私の〝甘さ〟を嘲《あざけ》った言葉だったのかも、知れない」

こうなるともう、謙虚すぎるほど謙虚な嘉子のことである。

男尊女卑が男にも女にも常識で、職業婦人を「変わり者」「ひどく貧しい者」と見るのが当たり前の昭和初期のことだ。

ましてや、すでに一年前の昭和十二年に、日中戦争が勃発している。日本陸軍が戦火を本格的にしたいがために、卑劣な工作「盧溝橋《ろこうきょう》事件」を起こし、中国国民党軍との衝突が起こった。嘉子が受験した昭和十三年には、日本はすでに戦時下だったのだ。

「大日本帝国の国家存亡がかかっている戦争中に、ただ貧しい人を救いたい、だなんて……。『女の浮世離れした甘ったれた考え』と思われても、仕方ない」

こうなると、筆記試験の高評価も『愚かしい女受験生に対する、せめてもの哀れみの言葉』だったのかも知れないような、気がしてきた。

だが、嘉子は毅然《きぜん》と前を向いた。

「今回の試験は、やはりだめだったろう。でも次にこそ心を入れ替えて、真に大日本帝国の繁栄の、わずかでも一助となる法律家になってみせる」

嘉子の心は、すっかり落ち着いた。

「私は、必ず法律家になる。そして多くの辛《つら》い大日本帝国臣民たちの暮らしを、少しでも良くする仕事をする」

こう決意した時、頭の中で揺れ動いていた不安が、本当にすっきりした。

さて、試験が終わったとて勝手に帰るわけには、行かない。教務官の、終了の合図と本日の総括、そしてねぎらいの言葉を聞いて、ようやく解散できる。

試験は、まだしばらくかかる。心の落ち着いた嘉子は、今度は少し手持ち無沙汰になった。静かに席を立つと、控室をゆっくり歩き始めた。別に、どうという理由はない。椅子に座りっぱなしで硬直した身体を和らげたかっただけだ。

ところが、この時こそ、嘉子が法律家を目指す〝真からの心〟に火が点《つ》いた。

ゆっくりと部屋を歩くと、いまだに疲れ果ててグッタリしている者、落ち着いて何かの書物に眼を通している者……と、さまざまだ。

静まり返った控室では、ひそひそ声さえ、妙に響く。それを心得ていた嘉子は、同じ明治大からこの試験会場に来ていた学友と眼を合わすと、互いに黙って眼だけで挨拶した。

明治大のトップクラスの女子たちである。そのくらいの礼儀作法は、十分心得ている。

朝、控室に入ってから、ついさっきまでは気がつかなかったものがある。壁を何気なく見ると、何枚かの張り紙が張ってあったのだ。

嘉子は何気なく、一枚一枚、丁寧に読んでいった。

この試験が司法試験であることだの、試験会場での作法だの、ここにまで至った受験生たちにとっては、常識過ぎる常識が、ご丁寧に書いてある。これを「無駄なお役所仕事」と見るか、「至極親切な役場の思いやり」と見るか……。嘉子は、後者のほうだと感じた。

ところが、何枚目かの張り紙を目にした時、嘉子の心に、強烈な電撃が走った。

そこには、次の意味のことが記されていた。

「裁判官になれるのは、大日本帝国男子に限る」

嘉子は戦慄《せんりつ》した。

「え……え……」

嘉子は何度も何度も、その一文を食い入るように見つめた。

「男子に限る」

「ふざけるな！」

嘉子は、腹の中に思った言葉を、グッと飲み込んだ。けれど、怒りはまったく収まらなかった。

「国は、女性に法律家の門戸を開いた。何人もの女性が、法律家への大志を抱いて、明治大学に進んで、必死の学問の末に司法試験を受けるところまで、来た。

法律家には、弁護士もいる。検察官もいる。けれど、その頂点は裁判官だ。

その裁判官に、男同様に懸命な努力をしてきた女を、有無を言わさず門前払いするなんて。そんな理不尽なことが、あってたまるものか。

司法試験を通ったからには、女にだって裁判官の道が開けていて、当然ではないか。でなければ、何のための司法試験なのか」

嘉子は半分以上、今回の試験をあきらめている。だが、この決まりは、嘉子個人の問題ではない。法律家を目指す女性すべてに対して理不尽だ。女性すべてに対する屈辱だ。

嘉子は、張り紙の前で身体を震わせ、立ち尽くした。そばの椅子に座っていた男子学生が、嘉子の異様な雰囲気を醸し出している背中に気づいて、何やら怯《ひる》みを感じた。けれど彼は、それ以上、関わろうとしなかった。

「私は、絶対に裁判官になってやる」

この時嘉子に、明確な唯一の目標が決せられたのだ。

「本日の口述試験は、これで終了です。合否判定は、追って後日、郵送にて通知します。それまで、どうかお待ちください」

教務官が、控室に入ってきて言った。

「皆様。本日はお疲れ様でした」

その挨拶と同時に、受験生は一斉に立ち上がって直立不動の姿勢を取ると、深々と頭を下げた。学生服で来ていた者は丁寧に帽子を取った。

入り口に近い者から一人ずつ、静かに退出していく。だが、嘉子を始めとする何人かの女子受験生は、立ったまま口も利かず、男子全員が立ち去るのを待ってから控室を出た。

この時代ならではの「男尊女卑の常識」の所作である。だから彼女たちは皆、当然の顔をして出ていった。

「ごきげんよう」

「ごきげんよう」

誰も、多数の男子が出ていくまでの長い時間を待たされたことを、何とも感じていない。

ただ嘉子だけが、こんなことにも何か釈然としないものを感じた。

外に出ると、もう薄暗い。朝、仰ぎ見た高い青空は、もう見えない。

しかし嘉子の決意は、揺るがない。嘉子は意識して堂々と胸を張った。そして、家路に就いた。

家に着くと、家族中が待っていてくれた。

「どうだったい？」

貞雄が、聞いた。

「だめでしょう」

嘉子は、淡々と答えた。

「そうか。ご苦労だったな」

貞雄はそれだけ言って、読みかけの新聞に再び目を落とした。あとは、家族でいつものとおり夕餉《ゆうげ》に入った。

ノブも弟たちも、試験のことは話題に出さなかった。ただ、いつものように四方山話をしながら、楽しげに食事をした。

嘉子は、家族のそんな温かな思いやりが、とても嬉しかった。

後日。

嘉子宛に通知が届いた。司法試験の合否判定の知らせである。

嘉子は、玄関先ですぐに封を開いた。

じつは、嘉子は、すでに次回の試験のための準備に入っていた。今回の試験は、すっかりあきらめていたのだ。

ところが！

「合格！」

通知の封筒に入っていた紙面には、嘉子が合格した旨と、それにともなう説明会の場所と日時等が書かれていたのだ。

嘉子は、通知を見ながら、しばらく動けなかった。何が起こったのかさえ、一瞬分からなかった。

「お母様！」

嘉子は通知を握り締め、急いで台所に向かった。

「合格しました！」

「え」

ノブは、何のことか分からなかった。が、嘉子から通知を見せられ、初めて状況を理解した。

「おめでとう。おめでとう。嘉子さん」

「はい。ありがとうございます」

二人は、互いに向き合い涙した。


この時の司法試験に合格した女子は、嘉子のほかに、中田《なかた》正子《まさこ》。久米愛《くめあい》。三人とも、もちろん明治大の出身者だ。

中田正子は、後年、「日本弁護士連合会理事」などを務めた人物である。

久米愛は、法曹界で活躍した傍ら、のちに女性運動に積極的に参画した。

女性三人が、司法試験合格。

このことは、世間でも大騒ぎのトピックとなった。

なんとなれば、女性に法曹界の門戸が開かれたのは、昭和八年。しかし、この三人が司法試験に合格する昭和十三年までは、一人の合格者も出ていなかったのだ。

それが、一度に三人もの女性合格者が現れたものだから、各新聞は、

「生れ出た婦人弁護士　法廷に美しき異彩　〝女性の友〟紅三點《てん》」

「女弁護士初めて誕生　喜びの三人」

などと、大々的に報じた。

とくに喜んだのは明治大学で、

「我が校の先駆的試みたる法学部の女子開放が、ついに実った」

と、学内はお祭り騒ぎとなった。

そして、総長以下、女子部の委員や女子学生たちが大祝賀会を開いた。

嘉子は、ただ、もう嬉しくて嬉しくて、周囲からの、

「おめでとう」

「おめでとうございます」

といった祝福の声に、

「ありがとう」

と、心から素直に感謝した。

さて、司法試験に受かると、言わば見習い期間として一年半、「弁護士試補」を務め

なければならない。

三人はそれぞれ、丸の内の弁護士事務所に入り、勤務に励んだ。三人とも明治大の同門で、法律家としての正義の心も同じようなものだったから、仲が良かった。

昼食は同じ食堂で落ち合って、昼休みをおしゃべりで楽しむこともあった。

「私たち、三人同期で弁護士試補になったけれど、じつは私はお二人より先輩よ」

中田が、愉快げに話す。

「え。どうして？」

嘉子と久米の二人が聞くと、

「だって、私、昨年も試験を受けて、落ちているんですもの。ですから、お二人は一回の試験で合格したけれど、私は二回受けているというわけ。だから、先輩なのよ」

中田は、いたずらっぽく語った。

「それって、先輩というのかしら」

久米が、クスクス笑って言うと、

「いいえ。一度落ちたのに、その辛さを忍んで、不安の中で二回目の試験を受けたのは、たいへんな勇気よ。中田さんは、だから私たちより『心の先輩』なのよ」

と、嘉子は大真面目に語った。

「あら。私、試験に一回落ちたことを誉められているのかしら」

中田が面白がって答える。

「いえ。そういうことじゃなくて……」

嘉子は、どうにも真面目すぎて、こんなふうに二人にからかわれることが、ある。もっとも、中田も久米も、嘉子のそういうところを尊敬していたし、愛していた。

「私、母親から『女の法律家は嫁に行けない』と言われて、初めはずいぶん反対されたの。

ねえ。私、嫁入りできないのかしら？」

嘉子が少し不安げに問うと、

「あら。そんなの、運命次第よ。あなたをもらってくださる素敵な殿方だって、この空の下のどこかに、きっといるわよ」

と、中田が明るく答えてくれた。

嘉子は内心、少し安心した。もっとも、当時の習慣では、三人とも、とっくに嫁入りしている年齢である。

「まあ、嫁入り出来たとしても『行き遅れ』だけどね」

中田は、そう付け加えて笑った。思わず三人で、笑い合った。

嘉子の、もっとも幸せな、ちょっぴり遅めの青春の時代であった。

だが、時代は刻々と進んでいく。

嘉子が見習い期間を終えて、ついに弁護士になれたのが昭和十五年の十二月。この時、彼女は「東京弁護士会」に、正式に登録したのである。

しかしこの時期、国内での事件は圧倒的に少なくなっていたのだ。

戦争のためだ。

日中戦争は、いよいよ佳境に入っていた。国際社会は、日本の強引な戦局拡大に、批判を集中させた。

こうなると、日本社会の風潮として、

「国家が戦争という大事の時に、個人が自分だけの都合で勝手に事件を起こすなど、大日本帝国臣民としてあるまじき行為」

といった考えが、広まっていたのである。

要するに、平たく言うと、

「国の大事の時に、夫婦喧嘩《げんか》などやっている場合か」

といった感覚である。こうした感覚が、自然と全国民の気分になっていたのだ。

こんにち、令和の時代では、ちょっと理解しがたい感覚かも知れない。だが、昭和初期の日本人は「国家のため」という名目なら、本気で、個人を犠牲にしても尽くさなければならぬ、という考えになっていた。

そして、信じがたいことに、本当に個人間の法的な紛争が激減したのである。

この頃、嘉子は虎ノ門の弁護士事務所に勤務していた。

弁護士は、じつは「自由業」の範疇《はんちゅう》に入る。要するに、仕事として自由度が高い。だが嘉子は、弁護の依頼が少ないからといってボーッとしていられるような質《たち》ではない。積極的に仕事を自ら広げ、励んだ。

まずは、事務所の仕事のほかに「婦人向け相談会」を開いた。事件になる前に、DV〔夫や子供等からの暴力〕などで苦労している婦人たちへ、法律的なアドバイスをするのだ。

また、母校の明治大では、法学部で民法の講義をした。なにしろ「女性弁護士第一号の三人のうちの一人」として、法律関係者や学生たちにとっては、まさしく「時の人」であり、有名人だったから、彼女の周りには、いつも多くの若者が集っていた。

嘉子の講義は評判が良く、人気だった。気さくな人柄も学生たちに好感を持たれた。つまりは、彼女がかつて進路先として拒否した「教師」の才能が、意外なところで花開いたのである。

もちろん、少ないとは言え本業の弁護士の仕事も、依頼があった。

ある時、先輩の弁護士から、

「武藤君。この事件の『国選弁護人』を引き受けてくれないか」

と、資料を渡された。捜査記録と起訴状である。

国選弁護人とは、被疑者または被告人が貧困等の理由で、自力で弁護士を雇えない場合に、国が費用を負担してくれて、裁判所等から弁護士を選出する制度だ。

弁護士になりたての嘉子は〝自分の正義〟に反する犯罪者の弁護は、したくなかった。そして、その資料に眼を通すと、まったく悪辣《あくらつ》な強姦《ごうかん》事件で、犯人には一片の同情の余地も、感じられない。

「どこかに、わずかでも、弁護できるところは、ないものか」

若さゆえ、ひたすら生真面目な嘉子は、懸命に何度も資料を読み込み、犯人の弁護ができる要素を必死に探した。それでも、どうしても〝嘉子の正義〟は、この犯人を許せなかった。

思い悩んだ末、嘉子は、

「申し訳ありません。この事件の国選弁護人は、お受けできません」

と、すっかり焦燥した顔で、先輩の弁護士に頭を下げた。

先輩は残念そうに、

「そうか」

とだけ答えたが、やや間を置いて、

「ただね、武藤君。どんな被告人にも、弁護は必要なんだ。法律の助けが、必要なんだ。

それを肝に銘じておかなければ、これからの長い法律家人生は送れないよ」
と、静かに諭してくれた。
自分の正義と、弁護士の役割。
その狭間で、嘉子は改めて、自分が選んだ道の厳しさを実感した。
「私なんか、まだまだだわ」
嘉子は、独り空を見上げて、ため息をついた。
そして、年が開けて昭和十六年。
日本の軍部は、ついに地獄の門を開けてしまった。
十二月。大東亜戦争（太平洋戦争）の開戦である。

第六章　家族と戦争

昭和の前期頃までは、多少裕福な家庭なら、たいてい「住み込みの家政婦（下女）」と「書生」がいた。

炊事にしろ洗濯にしろ掃除にしろ、家電品が一般に普及するのは、戦後の昭和三十年代頃からである。だから戦前辺りまでは、住み込みの家政婦は、それなりの大所帯では必須だった。また、当時は人件費も安かったので、そこそこの経済状態の家でも、家政婦を一人は置いていた。

一方、「書生」というのは、学問を志す若者で、経済的理由などから実家では学べず、他家に住み込んで生活の世話になる。そこで家事手伝い等をしながら、学校へ通わせてもらう者のことだ。

男子の場合は大抵、力仕事や家の警備といった〝男仕事〟を引き受けて、その代わりに衣食住の世話を受けていた。また、何らかの仕事をしながら、他家から夜学に通う者もいた。

武藤家は、嘉子を含めて子供五人の大所帯だったから、ノブ一人で家庭を切り盛りするには忙しすぎた。だから、家政婦や書生は当然のように置いていた。

書生は、貞雄の親戚筋や友人の息子などで、貞雄の郷里である香川県から来る者たちだった。出処《でどころ》のしっかりした者たちばかりで、したがって、とくに家庭内にゴタゴタは起こらなかった。

書生たちは、大学を卒業すると就職して武藤家を離れる。すると、入れ替わるように新しい書生がやってくる。勉学に励みながら武藤家の手伝いをよくやってくれる好人物が、多かった。

嘉子が弁護士になった翌年。すなわち、昭和十六年の秋。

嘉子が仕事から帰って、一人自室でのんびりくつろいでいた時のことだ。

襖《ふすま》を、トントントンと軽く叩《たた》く音がした。

「よろしいでしょうか」

襖の向こうから聞こえてきたのは、誰とははっきり分からないが、男の声である。

「はーい。どうぞお入りなさい」

嘉子は、弟の誰かと思ったものだから、気軽に返事をした。

「失礼します」

ところが、入ってきたのは、一人の書生だった。

和田芳夫という。

芳夫は、貞雄の中学時代の親友の従兄弟《いとこ》である。言ってしまえば、赤の他人で、武藤家とはずいぶんと縁遠い。

だが貞雄は、そんな若者でも人柄さえ良ければ、喜んで書生に受け入れていた。

芳夫は、真面目な若者だった。面白味はないが、誠実で優しかった。

昼間は、ノブに頼まれたことなら、使いから棚の修繕まで何でもこなした。その一方で、外に出てアルバイト程度の仕事をし、わずかながら貯《たくわ》えをしていた。他に空いている時間は、もっぱら勉学に勤しんだ。

そんな調子で昼間は、とても通学の時間など満足に取れない。だから、夜学に通った。

通学先は、なんと嘉子と同じ明治大学である。

「あら。芳夫さん」

嘉子は、急に顔を真っ赤にして居ずまいを正した。

ふつう、若い男女のこととて、書生が世話になっている家の子女の部屋へ一人で入ってくるなど、有り得ない。洗濯ものを運んでくるのも、夜食を持ってきてくれるのも、家政婦がしてくれる。

それが、意外や意外、書生が入ってきたものだから、嘉子としては驚くばかりだった。さらに、嘉子が頬を赤らめたのは、ただ書生が入ってきたからではない。それが芳夫だったからだ。

じつは嘉子は、ずっと以前から、この芳夫を好いていたのである。その誠実さと優しさに心引かれ、ずっと慕っていたのだ。

「嘉子さん」

芳夫は、おもむろに口を開いた。

正座をして、背を真っ直《ます》ぐに伸ばし、嘉子の眼をじっと見つめている。

嘉子は、恥ずかしさでいたたまれなくなって、思わず正座したまま下を向いた。うつむいたっきり、黙っている。言葉が出ないのだ。

それはそうだろう。この年、嘉子は二十七歳。当時なら、十歳くらいの子供がいても、おかしくない歳《とし》である。しかし、法律の勉学一筋で特定の男性との付き合いなど、学生時代にはまるでなかった。そして、ついに弁護士となるや、次には法律事務所の仕事に追われ、そこでも特定の男性との付き合いはなかった。

つまりは、若い男性と一対一で対座するなど、二十七歳にして初めての体験である。

芳夫は、ようやく口を開いた。

「お父上の貞雄様のおかげで、私も無事、明治大学を卒業できました。武藤家の皆様には本当に良くしていただきました。心より感謝しております」

嘉子は、とくに何も答えない。わざわざこんなことを、自分だけに語る芳夫の真意が、分からない。

けれど胸の鼓動は、小さくドキドキしている。

「大学を卒業したからには、私は武藤家から出ます。お世話になりっぱなしで何の御礼もできずに去るのは心苦しいですが……」

この言葉を聞いて、嘉子は初めて顔を上げ、

「えっ」

と、小さな声を出した。

とたんに、心が涙ぐむような気がした。

「芳夫さんが、いなくなる」

嘉子に、壮絶な喪失感が襲った。やっと手にした弁護士生活も、家のことも弟たちのことも、もうどうでもいいような、何もかもが頭から消え去るような気がした。

嘉子、二十七にして初めて経験する「乙女心の揺れ動き」である。

ところが、芳夫の次の言葉は、そのショックを超える、まさに嘉子にとって驚天動地のものだった。

「ついては、嘉子さん。失礼を承知で、あえてお願いいたします。

私と結婚していただけないでしょうか」

芳夫は、深々と頭を下げた。額から汗がにじんでいる。芳夫としても、一世一代の覚悟のプロポーズだったのである。

芳夫も、書生生活のあいだ、嘉子のことを、ずっと陰から慕っていたのだ。

嘉子の明るい笑顔。学問に打ち込む真剣な眼差《まなざ》し。記述試験の時に泣きはらした悲しみの涙。皆、陰から見続けてきた。嘉子に憧れ、一方で、嘉子を温かく包みたい。——と、ずっと思ってきた。

芳夫は、ゆっくりと、と言うより、恐る恐る頭を上げた。嘉子は、顔を伏せ両手で顔をおおっていた。

涙が、ボロボロとこぼれ落ちていた。

私が、芳夫さんに嫁ぐ。

信じられないほどの大きな喜びだったのである。嬉《うれ》しくて、嬉しくて、嬉しくて、涙が止まらなかった。

「あの……。嘉子さん」

「嬉しい。嬉しい。芳夫さん。私、ずっとあなたをお慕いしておりました」

泣きじゃくりながらも、嘉子ははっきりと答えた。

逆に、芳夫のほうが驚いた。

こちらは、しがない一書生。対して嘉子は、裕福な家庭の長女にして、堂々たる女性弁護士。あまりにも格が違う。

――と、じつは告白前から諦めていたのだ。

ただ、自分の気持ちを、それでも伝えたい。何も告げず悔いを残したままで、武藤家を去りたくない。それだけの想《おも》いと覚悟を決めた告白だったのである。

もちろん当時の常識として、両家の当主が認めなければ、結婚は成立しない。親に反対されれば、駆け落ちしか手はない。

だが、嘉子も芳夫も、もはやその覚悟は出来ていた。

その晩遅く。

貞雄が仕事から帰ってくると、嘉子は玄関まで走り、すぐさまはっきりと言った。

「お父様。私の一身上のことで、大事なお話がございます」

「なんだい、藪《やぶ》から棒に」

貞雄は一瞬、呆気《あっけ》に取られた。が、嘉子の恐いほどの気迫に押され、

「とにかく話を聞こうじゃないか。それは、母さんも一緒でかい」

とだけ、聞いた。

「はい」

「そうか。では、座敷に行こう」

貞雄はノブを呼ぶと、コートと背広を脱いでノブに渡し、ネクタイはしっかり締めたままで、

「嘉子が、話があるそうだ」

と、三人で座敷に向かった。

座敷に入ると、芳夫が正座して待っていた。ノブが驚いた。

「あら。芳夫さん」

「芳夫君、どうしたね。済まないが、家族三人で話があるんだ。一旦、席を外してくれないかな」

貞雄がそう言うと、嘉子が、

「いえ。芳夫さんもご一緒です」

と、強く言った。夫婦は不思議そうに顔を見合わせた。が、嘉子に言われるまま、芳夫と並んで座った嘉子の前に、座った。

芳夫は、いきなり本題を突きつけた。

「旦那様。奥様。この和田芳夫、一生のお願いがございます。どうか、嘉子さんを私に嫁として、ください」

芳夫は、決死の形相である。だが、怯《ひる》んだり臆したりした表情は、まったく見せていない。二人の顔を真っ正面から強く見つめている。もう肝は据わっている。

しばらく静寂が続いた。

貞雄もノブも、まったく予想できない事態だったのだ。二人とも、声も出なかった。

だが、しばらくして、

「そうか！　嘉子をもらってくれるか。ありがとう。ありがとう。芳夫君」

貞雄が、まず大声を上げた。

「ありがとうございます。芳夫さん。ふつつかな娘ですが、どうかよろしくお願いいたします」

ノブは、傍《はた》から見て意外なほど涙を隠さず、泣きながら礼を言った。

一応説明しておくと、ここまで貞雄とノブは、嘉子の意思をまったく確認していない。そんなことをしなくとも、嘉子の顔を見れば分かる。……というわけではない。とにかく、この好青年が嘉子をもらい受けたい、といってくれた事実が、それだけで嬉しかったのだ。

「それで、その……。なんだ……。二人は、いつから、一緒になるという話をしていたのだい」

貞雄が、尋ねた。確かに気になるところである。

「今日の夕方です」

嘉子が、すかさず答えた。

「ええっ」

貞雄もノブも、今度ばかりは、のけぞらんばかりに、驚いた。いや、いくらなんでも、話の展開が早すぎる。

「じつは私たち、口にこそ出さなかったけれど、ずっと以前から慕い合っていたの。それで、今日、その……。芳夫さんが、私に『嫁に来てくれ』って、言ってくださって……」

嘉子の声は、徐々に小さくなっていく。顔は真っ赤だ。乙女の恥じらいである。

「そ、そうか。じつは、芳夫君。僕も君のことは、これまで我が家に来た書生の中で、もっとも買っていた。真面目で、じつに心優しい、気立ての良い男だと。君になら嘉子を任せられる」

貞雄は、だが、ちょっと考えてから、

「しかし君のご実家は、この話をもちろん知らないのだろう。大丈夫かね。君、親御さんがお決めになった許嫁《いいなずけ》がいるとか……。そんなことは、ないのかね」

と、問い質《ただ》した。

確かに、当時のこととて自由恋愛など、大卒の男女のあいだでは、決して多くはない。

「その点は、大丈夫です。僕を書生に迎えてくださったこちら様でお許しをいただけたからには、実家も喜ぶことでしょう」

芳夫のためらいのない笑顔に、ようやく貞雄も安堵《あんど》した。

ノブは、もう嬉しいだけである。嫁入りは無理、と思い込んでいた一人娘に、これはたいへんな僥倖《ぎょうこう》だと、ひたすら神仏に感謝した。ノブは、これでなかなか信心深いのだ。

その翌日の晩、嘉子と芳夫を中心に、武藤家の家族一同はもちろん、他の書生も家政婦も、武藤家の屋根の下に住む者が皆揃《そろ》って、大宴会を開いた。料理の仕出し屋や寿司屋から、食べ切れないばかりのご馳走《ちそう》を取り寄せたのだ。

言ってみれば、結婚披露宴の前夜祭である。

「和田さん。おめでとうございます」

同輩や後輩の書生たちも、二人を心から祝福した。芳夫は、書生や家政婦にも、とても好かれていたのだ。

そして昭和十六年十一月五日。

嘉子は、和田芳夫と祝言を挙げた。嘉子は、和田嘉子として幸せな家庭を持った。

だが、とうとう時代が動いた。

同年十二月八日。

日本海軍の航空部隊は、ハワイ・オアフ島の真珠湾に集結していたアメリカ海軍の艦隊を急襲。これに大打撃を与える。

さらに二日後の十二月十日。マレー半島に集結していたイギリス艦隊も、攻撃。ここでも大戦果を上げた。

大東亜戦争の開戦である。

日本中が、この戦果に歓喜の声を上げ、誰もが、大日本帝国の勝利を信じて疑わなかった。

待っていた残酷な現実を、予想だにせず。

そののちの四年間の、「戦争の実態」をまるで理解していない〝ボンボン上級軍幹部〟どもが引き起こした戦場の悲惨さは、詳しく思い出しただけでも、胸が悪くなる。

ミッドウェイ海戦では、作戦が後手後手に回り、昭和十九年のレイテ沖海戦で日本唯一の連合艦隊は、事実上壊滅した。

まったく場当たり的で計画性の「ケ」の字もない兵糧の運搬失敗により、南方で多くの兵士が、餓死したか、「総員玉砕」という集団自殺を強いられた。

神風特攻隊。そして人間魚雷「回天」。まともな人間の感性と理性なら絶対思いつかないような〝操縦士が百パーセント確実に死ぬ〟という海軍が始めた作戦が、堂々と繰り広げられた（もっとも、この二作戦は、数多くの若き操縦士たちの犠牲の上に、かなりの戦果を上げたが……）。

そして、東京、沖縄、広島、長崎……。本土ではそのほかの地域でも、圧倒的物量を持つ米軍による空爆で、数多くの一般人が惨殺された。

だいたい「大日本帝国軍」は、弱いのである。米英相手に戦争を仕掛けたこと自体が、狂気なのである。「窮鼠《きゅうそ》、猫を嚙《か》む」という言葉があるが、窮鼠にも劣る力しか、初めからなかったのである。

それでも、しばらくは本土は平和だった。

嘉子は、虎ノ門の法律事務所に、通い続けた。

通勤中、「欲しがりません、勝つまでは」「進め一億火の玉だ」といった、威勢ばかりよくて中身のまったく伝わらない張り紙を、ここかしこで眼にした。その空々しさに、「勝てるの？　本当に勝てるの？」

と、嘉子の胸は、疑念でいっぱいだった。

嘉子が結婚して、一年二カ月後。

昭和十八年の元旦。和田夫婦は、初めての子を授かった。健康な男子だった。名を芳武と付けた。

「ありがとう。ありがとう。嘉子さん」

芳夫は、涙を流して喜んだ。

「嘉子。出来《でか》した！　よくやった」

貞雄にもノブにも初孫である。二人とも、最高の幸せを得たような喜びだった。

嘉子のすぐ下の弟である一郎は、しみじみと噛《か》み締めるように、つぶやいた。

「最後に『叔父さん』になれたか……。苗字《みょうじ》が違っても僕の血筋の新しい世代が、生まれた。これで、心置きなく死ねる」

その声を聞いた武藤家の面々は、思わず皆、笑顔を失った。

大東亜戦争が開戦して、一年半も経《た》たずに、軍は兵力の大半を、失っていたのである。

現役兵士はもちろん、予備役兵士まで、戦地に送り出し尽くしたのだ。

ここまで来て、まだ軍はあきらめなかった。

「一般の文系学生を、兵士とすればよい」

軍事訓練などほとんど受けたことのない〝軍人ド素人の若者〟に銃を持たせることと、したのである。

この年、昭和十八年。中等学校以上の学生は、繰り上げ卒業させられ、軍需工場での勤務や軍への入隊を、強制され始めた。

翌・昭和十九年。

「行って参ります」

一郎は、海軍に召集された。

そして、乗船していた沖縄に向かう船が、沈没。戦死した。

「イッちゃん。イッちゃん……」

家族や他人の前では気丈に振る舞っていた嘉子は、夜独りになるたびに、涙にくれた。幼いころから可愛《かわい》がり続けていた弟の理不尽な死を、とても受け入れられなかった。二、三歳の頃の可愛らしい一郎の顔。よちよち歩きながら「姉様。姉様」と付いてくる姿。一郎の幾つもの思い出が、次から次へと頭をよぎった。

貞雄もノブも、落胆の様子は、傍で見ていられないほどだった。一郎はそれほどに、家族に愛され、頼られていた。

翌・昭和二十年八月十五日。

軍は敗戦を認め、大東亜戦争は終結した。あまりに遅すぎる敗戦の決定だった。

翌・昭和二十一年。

和田芳夫、戦病死。彼への召集は、ただ持病を重くし、死ぬためだけのものだった。

嘉子は、ただ泣いた。泣いて、泣いて、涙が涸《か》れ果てても泣き続けた。

翌・昭和二十二年一月。

ノブが急死した。脳溢血《のういっけつ》だった。

さらに、同年十月。

貞雄も、この世を去った。晩年、酒に溺《おぼ》れた結果の肝硬変だった。

武藤家は、一気に寂しくなった。

だが、嘉子は、もう泣いている暇などなくなっていた。

貞雄は戦時中、軍需工場の経営をしていた。そのおかげで、戦時中は裕福だった。しかし敗戦後、日本に入ってきた戦勝国アメリカのGHQは、戦前の日本のシステムを徹底的に洗い直した。自国の民主主義国家に近づけようとしたのである。軍は解散させられた。武藤家の工場は解体された。貞雄は、遺族に何も残せずに世を去ったのだ。

武藤家は、後継者として、新しい大黒柱として、戦前からもっとも頼りにしていた長男の一郎が、戦死している。大学を卒業していた次男の輝彦は、善人だったが商才があまりなく、家族を養う力は持ち得なかった。三男の晟造は、北海道大学の学生で、もちろん収入の当てなどない。

四男の泰夫に至っては、まだ高等学校の生徒である。

つまりは、四歳の幼い我が子である芳武を含めて四人の家族の生活が、嘉子一人の肩に掛かってきたのだ。

「きちんとした職業に就けているのは、私だけ。芳夫さん。お父様。お母様。私が必ずや、家族の皆を守ります」

嘉子は、ひたすら仕事に励んだ。

この時期、法曹界でも、とてつもない大きな動きが起きていた。

現在のような「家庭裁判所」は、戦前にはなかった。

未成年の犯罪を処理していたのは「少年審判所」で、これが、まともな設備と人員で運用されていたのは、東京と大阪にしかなかった。

早い話、ほとんどの少年犯罪は、地方では検挙されてもすぐ釈放されるのが実態だった。

ところが、終戦直後。

政府は、都市部から各地方に疎開させていた子供たちを、何の受け入れ準備もなしに、次々と都会に帰していった。

まともな都市でも独りで生きるなどできようのない子供たちが、空爆で瓦礫《がれき》となった街に放り出されたのだ。

当然のこと、少年犯罪は急増した。子供たちは、生きるために食べ物を盗むしかなかった。ちなみに、昭和二十年に検挙された子供の数は約五万人。翌・昭和二十一年に検挙された子供の数は、約十万人。

検挙されれば衣食住を保障された収容所に入れてもらえる……などということもなく、腹を空《す》かせ、ボロ切れ同然の服だけで寒い夜を野宿していた戦災浮浪児は、この時代に満ちあふれていた。

「社会に見捨てられ、生きるため犯罪に手を出してしまった戦災孤児たち。そして、父や夫を亡くして犯罪に走るしかない女性たち。彼ら彼女らの罪を、公正に審判し、十分な保護を与え、更正させて、再び社会で無事に生きていく道に導かねばならない」

良心的な法律家。正義感に燃える若き学生たち。そして、何よりGHQの強引とも言える（結果的に、それが良かったのだが……）後押しによって、戦前には極めて不備だった「少年審判所」と「家事審判所」が一つとなった。

そして、ついに「家庭裁判所」が、日本に設立された。

昭和二十四年のことである。

その二年前。昭和二十二年三月。

嘉子は、意気込みすぎるくらいに意気込んで、たった独り、司法省に出向いた。

「ああ、和田さん……。弁護士のお仕事に、いよいよ復帰ですね。どうぞご精進してください」

人事課の窓口にいた役人は嘉子の顔を見ると、じつに好意的に、こう挨拶した。

だが、嘉子は厳しい顔で、一通の書状を黙って提出した。役人は不思議そうな顔をして、

「これは……？」

と、書状の表を見るなり、ビックリ仰天である。

「あの、和田さん……」

「裁判官採用願いです」

嘉子は、強い口調でキッパリと言い切った。

役人は、黙って書状を見つめた。あまりにも意外な展開に、どうしていいか、分からなかったのである。

「あの……ですね。和田さん。裁判官は男性に限る、という決まりがありまして」

「それは、戦前のことでしょう。新憲法では、男女同権が明確に示されています」

「いや。しかし裁判官となれば、裁判の最終決定を下す、裁判の頂点の地位ですから」

「だから？」

「当然、重い責任を伴います。そのような立場は、やはり男性でないと……」

「なぜですっ」

嘉子は、厳しい形相で睨《にら》み付けるがごとく、役人に迫った。

役人は、途方に暮れた。これ以上は、とても自分の手に負えない。

「と、とにかく、上に伝えますので」


新憲法の発布は、昭和二十一年十一月三日。内容はすでに法曹界や大手マスコミには広まっている。当時、何よりも大きな変革は「男女平等」であった。あらゆる場面で女性蔑視が法的にも当然だった戦前。裁判官も、男性に限られていた。

嘉子は、十年近く前に受けた司法試験の控室の壁に張られていた張り紙の一枚に「裁判官は男子に限る」旨が書かれていたのを見て、独り憤然と怒りを燃やした。

「なぜ、同じ学問に憂き身を窶《やつ》し、同じ知識を得たのに、女性は裁判官になれないのか」

その憤りは、戦争中もずっと胸の奥に秘められ、小さな怒りを燃やし続けていたのである。

驚いたのは、司法省の人事課である。

確かに新憲法の下では、女性も裁判官に就ける。だが、新憲法発布のすぐあとでまだ施行されてもいないのに、こうも早く女性の裁判官採用の申請が来るとは、思ってもみなかった。嘉子の行動は、まさに電光石火の素早さだったのだ。

さて、この申請、どう扱うべきか。

あまりに例外的な事例で、人事課だけで決められるようなことではなかった。話を聞いて悩んだ人事課長は、とりあえず「東京控訴院長」に嘉子の件を告げた。院長もまた、あまりに突飛な話に、悩んだ。

「和田さんは、なんでまた急に『裁判官になりたい』などと、言い出したんですかね」

「う〜ん。こちらとしては、まったくの想定外のことだが……。しかし、和田さんは、急な思いつきでこんなことを言い出すような、性急な人ではない。熟慮に熟慮を重ねての申し出だろう。こちらとしても、真剣に向き合わなければ」

院長は、考え抜いた末に妙案を思いついた。

「和田さん。院長からお話があります」

人事課のソファーに座って待たされていた嘉子は、黙ってスックと立ち上がった。

「私は、何も間違ったことはしていない。女だから裁判官にしない、なんて理不尽なことは、絶対に納得しない」

嘉子は、意気揚々と院長室に入った。

「やあ、和田さん。お元気そうで何よりです」

院長は一言、社交辞令を言うと、すぐに本題に入った。

「和田さんの申請は了解しました」

「では っ……」

「いや。了解はしましたけれど、今すぐにというわけには行きません。

ご承知のとおり、まだ法曹界は戦後のスッタモンダで、組織が不備だらけなのです。

なにしろ、最高裁判所そのものが組織として完成していない始末ですから」

嘉子は、黙っているしかない。院長の話は事実なのだ。

「そこで、どうでしょう。しばらくの間、司法省の民事部に、お勤めになりませんか。

そこで裁判官の何たるかを学びながら、最高裁判所が完備するまで待っていただく、と
いうのは」

院長は、嘉子の顔を覗《のぞ》き込むようにして、

「いかがですか」

と、最後に念押しした。

「では、私の申請は、却下ということなのですか」

「いや、そういうわけでは……」

院長は、困り顔でしどろもどろになったが、それ以上のことは言わなかった。

嘉子は一瞬、失望と怒りで院長を睨みつけそうに、なった。だが、すぐに冷静さを取り戻した。

「確かに、弁護士と裁判官は色々と違いがある。改めて学ぶことも必要だろう」

院長の提案は筋が通っている、とも思う。と、同時に、私の申請に結論を出すまでの時間稼ぎの意味も、込めた提案だろう。

「それでは、私の申請は、却下ではなく『当分の間の保留』と解釈して、よろしいのですね」

嘉子は、強く迫った。

院長は、強く決心したように、

「そうです」

と、一言はっきりと答えた。

「分かりました。では、そのようにお手続き願います」

こうして嘉子は、弁護士稼業をいったんリタイアし、司法省民事部に勤めることになった。

勤めるとなれば、決まった給金が毎月、手に入る。

「家族の生活のためには、これはこれで良かったのかも知れないわね」

嘉子は、そう自分を納得させ、「役人」として毎日の司法省通勤に精進する覚悟を決めた。

第七章　家庭裁判所の設立

嘉子が、司法省の民事部に、嘱託職員として配属されたのは、昭和二十二年六月三十日付けである。

「これは、裁判官になる第一歩なのだわ」

朝、通勤用のスーツに袖を通した時、嘉子は、ノブの遺品の姿見に自分の姿を映し、それを見つめて、静かな闘志を燃やした。

そして仏壇の前に座ると線香を上げ、母のノブ、そして夫の芳夫、すぐ下の弟である一郎の位牌《いはい》に、手を合わせた。

「行って参ります」

嘉子は、それだけをつぶやいた。「どうか私を守ってください」などとは、口にもしなかったし、心にも思わなかった。

自ら独りの力だけで、裁判官への道を進むのだ。嘉子の決意は、まったく揺らいでいなかった。

三人の弟たちと卓袱台《ちゃぶだい》を囲んで朝食を済ませると、誰よりも足早に玄関に出た。自分でよく磨いた靴を履く。

家族と書生たち、それに家政婦。皆が玄関の前に揃《そろ》って、嘉子を見送った。

「若奥様。どうぞお気をつけて、行ってらっしゃいまし」

「大奥様」だったノブは、すでに他界している。夫の芳夫も、もういない。けれど、長年、武藤家に勤めてきた家政婦は、これまでどおり、嘉子を「若奥様」と呼ぶ。

嘉子は、それが嬉《うれ》しかった。

「この日本は大きく変わろうとしている。でも私の家族は、昔と変わらずに皆が力を合わせて生きている。だから、私も安心して新しい道を歩める」

独りの力で歩んでいく。けれど、私は独りではない。

嘉子は、今更のように家族の温かさを、嚙《か》み締めた。

「お母様。どこに行くの？」

当年四歳の息子の芳武は、この朝の特別な雰囲気を妙に感じていた。こんなに朝早くに嘉子が一人出ていくのを、訝《いぶか》しんだ。

それはそうであろう。嘉子が弁護士事務所に通っていた時は、何かもっとリラックスした雰囲気だった。

「芳武ちゃん。お母様はね、今日から新しいカイシャに行くんだよ」

兄弟の末っ子の泰夫が、身をかがめて芳武と顔を見合わせ、そう説明した。

「へえ……」

芳武は、泰夫のこれだけの説明で、納得したようだった。

オトナはカイシャという所に毎日、通うらしい。——と、芳武は芳武なりに理解している。

もっとも、嘉子がこの日から通うのは司法省だから、会社員ではなく国家公務員であり、役人である。だが、そんな区別を四歳の子に分からせるのも却《かえ》って難しいので、泰夫は、一括りに「カイシャ」と説いたのだ。

「芳武ちゃん。叔父様たちの言うことをよく聞いて、お利口さんにしておいでなさい」

嘉子も玄関の土間で、身をかがめると、芳武の頭を優しく撫《な》でた。

「はいっ」

芳武が、勢いよく返事した。その返事が、やたらと元気だったので、皆が笑った。芳武は、皆を笑わせたことに、幼児なりに誇りを感じてニコニコしていた。

こうして出勤日初日。

嘉子は、事前に渡されていた資料やノートとペンなど、一通りの道具を風呂敷包みにまとめて抱え、司法省に出向いた。通う道々眼にするのは、建物の瓦礫《がれき》の山と、焼けた家々の跡。そして、疎開先から東京へ連れ戻されるも、親も家もなくし浮浪児となり、道端に座っている戦災孤児たちの姿だ。

戦争に負けて、まだ二年足らず。東京の復興は、ほとんど手が付けられていない。

「戦争に負けて米国が日本を占領して、そのおかげで、この国は『男女平等』という、正しい、そして新しい制度になりつつある。それは、喜ばしい。しかし、その新しい日本を手にするために、これほどの代償が、果たして必要だったのだろうか」

嘉子は、辛《つら》くも悲しくもあり、そして、だからこそ、

「生き残った者の使命として、この国のために私にできることを、懸命にやろう」

と、心に誓った。

「やあ。和田さん。初出勤ですね」

職場に着いてドアを開けると、一番そばにいた職員が、明るく声を掛けてくれた。

「お早うございます」

嘉子は、そう挨拶を返しながらも、

「私、全然、早くないわ」

と、恥ずかしく感じた。

司法省民事部「司法調査室」。それが、嘉子が働く職場である。

嘉子は、これでもかなり早く家を出たつもりだった。が、すでに、ほとんどの職員が出勤していて仕事を始めている。誰もが忙しそうに、書類を作ったり、数人で相談をしていたり、と、バタバタとあわただしい。

嘉子は、ただ呆気《あっけ》に取られた。

「和田さん、これからよろしくお願いしますね。和田さんの席はこちらです」

別の職員が、嘉子用に準備していた机に、案内してくれた。

「ありがとうございます。どうぞ、よろしくお願いいたします」

嘉子は一礼して、机の前に座った。案内してくれた職員は、すぐにその場を離れると、あくせくと自分の仕事に戻った。

この頃、司法調査室は、民法改正法案の内容についてGHQと審議していた。嘉子もその職場の一員として迎えられたのだ。

初日は、ただボーッと机に座っていただけである。何しろ、丁寧に仕事について説明してくれる指導係などは、一人も買って出てくれない。皆が自分の仕事に手一杯で、嘉子に指導する暇などなかったのだ。

嘉子は取り敢《あ》えず、家で何度も読んできた民法改正法案の原案について書かれた書類を、読み直した。そこには、戦前にあった日本女性の制約を解き、女性が自立した人間として扱われることが、明確に示されている。

「でも、これまでの日本女性がいきなり『自立しなさい』と言われて、すぐにそれに応えられるかしら。

これまでの日本女性は、親に仕え、夫に仕え、家に仕えるだけの立場だった。でも、それは裏を返せば、家や家族に対して〝社会的な責任〟を負わされなくて済んでいた、ということだ。

身体的にはすごく辛い暮らしでも、精神的には、ある意味で気楽だった。

あの聡明《そうめい》なお母様でさえ、社会のことはお父様の考えに従っているだけだった」

嘉子は、机の前で書類と睨《にら》めっこしているうち、初めてそんな不安に襲われた。

「これは、大変だわ。まずは日本女性たちに、『自立とそれに伴う責任』というものについて、よく理解してもらわなければ。

そのためにも、生活に直結する規範である民法を、しっかりと整えないと」

正直、前日まではすぐに裁判官の地位に就かせてもらえなかったことが、心の底ではモヤモヤとしていた。けれど、民事部の机で独りポツンと座っているうちに、何やら、ここの仕事にこそ大きな遣り甲斐《がい》を感じ出した。

翌日から、嘉子は積極的に仕事に携わるようにした。「何をしたら、いいんですか」などとは、別の職員に聞かない。それでは戦前の女と同じだ、と考えたからだ。自ら職員たちの話に交じり、自分の意見を述べ、それをまとめて書類にし上司に提出する。

時折は、

「和田さん。ここは違うよ」

と、基本的なミスを指摘されることもある。が、それでも気落ちしたりせず、

「はい。分かりました。直します」

と、すぐに手直しに入る。嘉子の、言われる前にテキパキと動く姿に、職員たちは感動した。

「さすがは、司法試験の女性第一号合格者。仕事の呑《の》み込みは速いし、自分の仕事を自分で決めてドシドシ仕上げてくる。たいした人材だ」

職員たちは当初、嘉子の配属を聞いた時には、

「所詮は女だから」

との思い込みから、心の中で笑っていた。しかし、嘉子の働きぶりに、まさしく「改正民法下の理想的女性」を感じ、尊敬していった。嘉子は、程なく事務所のメインスタッフとして、誰からも一目置かれるようになった。

嘉子が周りから慕われるようになった理由は、その能力ばかりではない。その人柄も、

皆が嘉子を慕う大きな理由である。

嘉子は、いつもハツラツとし、しかも、ニコニコした笑顔である。ギスギスした感じなど、まったく他人《ひと》に与えない。

「和田さんの元気な姿を見ていると、こっちまで元気になるよ」

お堅いばかりだった司法調査室の職場の雰囲気が、嘉子のおかげで柔らかくなり、誰もが、むしろ仕事全体の進行速度や質を大きく上げた。

こうして、半年がまたたくまに経《た》っていった。

改正民法の形がようやく整った頃。昭和二十三年一月。

嘉子は、異動を言い渡される。次は「最高裁民事局」である。

法曹界のトップ部署である最高裁判所の人事やシステムは、この頃には、ようやく完成を見ている。

そこで、GHQからの提言で、最高裁判所の下部組織として、日本にも「家庭裁判所」が作られることが決まったのだ。その家庭裁判所のシステムを整えるための部署が、この民事局である。

「家庭裁判所……」

嘉子は、その名称を初めて教えられた時、静かに独り、感動した。

「『家庭』という言葉が、はっきりと書かれている。これこそ、私が求めていた制度だわ。家庭の主役は、妻つまり女性であり、また、子供たち。社会的には軽んじられる弱い立場の者たち。その人たちのための正義が、ここではきっと発揮される。私が法律家を目指した原点が、ここにあるはずだわ」

嘉子は、この〝役人務め〟で目指す場所が、具体的に示された気がした。くっきりとした光明が感じられた。

「私は、必ずいつか、家庭裁判所の裁判官の席に着く」

嘉子は、そのための〝地均《じなら》し〟のつもりで、大ハリキリで、新部署への出勤を始めた。

じつは、法務局としては、当初は「少年裁判所」という下部組織を作るつもりだった。だが、少年犯罪の多くが家庭の問題に起因しているということに気づいた。そして、少年事件と家庭の事件が密接につながっている事実を鑑みた。

その結果、これらをトータルで審議したほうが正しい裁判を成せる。——と、判断して「家庭裁判所」の設立に至ったのである。

それは、まさしく嘉子の積年の想《おも》いに合致したものだった。

嘉子の新しい職場である民事局のスタッフは、皆が多かれ少なかれ、嘉子と同じ理想を抱いていた。だから、スタッフたちは、皆が、ただの「同僚」というよりも「同志」という意識で、職場の雰囲気は、初めからとても和気あいあいとしたものだった。

そして、昭和二十四年一月一日。

ついに、家庭裁判所が全国各地に整備されたのである。その数、四十九カ所。つまりは、各都道府県の全てに設立されたのだ。

それに合わせ事務総局の機関として「家庭局」も設置された。嘉子は、この家庭局の初代スタッフの一人として迎えられた。

嘉子が就いた地位は、家庭局事務官である。具体的には、「家事」担当のトップだ。

「また一歩、裁判官に近づいた」

嘉子は、新しい家庭局の仕事に、大いなる期待を抱き、懸命に働いた。

……と言っても、家庭局の事務所の環境は、酷《ひど》いものだった。

はっきり言ってしまえば「屋根裏部屋」だったのである。

当然のごとく天井が低くて、狭苦しい。しかも、隙間風がビュービュー入ってくる。

それもそのはず。ガラス窓の何枚かは、戦中以来割れたまま。新聞紙で割れた窓を覆い、何とか格好を付けていた。

嘉子もやはり、初めてこの事務所に入った時は、唖然《あぜん》とした。

「でも、仕事の善《よ》し悪《あ》しは〝場所の善し悪し〟で決まるものじゃないものね」

嘉子はクスクス笑った。この最悪の環境を、むしろ「珍しい場所」として楽しんだ。

家庭局には、何人かの女性もいた。やはり、大抵は明治大卒である。そんなこともあって、嘉子を中心とした女性職員のチームワークは、とても良かった。

じつは、日本の食糧不足は、当時も敗戦直後とほとんど変わらず、事実上、昭和三十年頃までの十年は続いている。

GHQは積極的に配給してくれるが、アメリカというお国柄ゆえ、配給される主食の中心は小麦粉ばかりで、都市部では多くの日本人が米に飢えていた。

それでも、嘉子の勤務先はマシなほうで、決まった給金が支給されている。だから、それぞれが「闇市」などで手に入れた食品を持ち寄り、仕事終わりには、職場で軽い宴会を開くこともあった。

と言っても、酒類は焼酎。摘まみはコロッケ程度が最高のご馳走《ちそう》で、たまに、誰かが米を手に入れて握り飯を持ってくると、皆が大喜びした。なにしろ、事実上天井裏だから、火を使っても煙が階下に広まることはない。七輪を持ち込んで、干物を焼くこともあった。

「和田さん。頼むよ」

「お願い。また聞きたいわ」

多少の酒が回ってくると、皆が嘉子にせがむ。彼女の歌を、である。

「そうですか。では、恥ずかしながら一曲」

そう言いながらも嘉子は、大いに乗り気で立ち上がる。この歳《とし》になってもなお高女時代同様に、嘉子は歌うのが大好きだった。

彼女が歌うのは、この頃の流行歌である。戦時中に街に流れていた、やたら威勢がいいだけの戦時歌謡とは、まったく違う。

『リンゴの唄』『コロッケの唄』『モン・パパ』……。

哀愁を帯びつつもテンポよく、嘉子の美しいアルトの声で、それらが職場に響いた。ある者は湯飲み茶碗《ぢゃわん》に注がれた焼酎を片手に、静かに聞きほれる。ある者は、楽しげに手拍子を叩《たた》き、ある者は嘉子の声に合わせて合唱する。

こんな時間が、この頃の嘉子には、もっとも楽しいひと時だったかも知れない。


そして、この年。ついに女性の裁判官第一号が誕生する。

石渡満子《いしわたみつこ》。

明治三十八年生まれだから、大正三年生まれの嘉子より十歳ほど年上である。

戦前に結婚したが、八年の結婚生活の末、法律家になることに目覚めて離婚。改めて明治大に入った。明治大を卒業したのは戦中の昭和十九年。翌年の昭和二十年、敗戦の年に司法試験に合格する。

嘉子に比べて随分と遅く法曹界の門を叩いたことになる。だが、このあとの動きがスピーディだった。嘉子のように「お役所仕事」には就かず、ひたすら女性法律家として活動。昭和二十三年には「婦人法律普及会」を創設する。そして、翌・昭和二十四年の四月。ついに、女性裁判官になったのだ。

まさしく孤軍奮闘の道のりだった。

「石渡さん。おめでとうございます」

嘉子は空を見上げ、心の中で賞賛した。

嘉子は、石渡と直接の面識はない。しかし、自分が役所勤めをしているうちに石渡が法曹界の中で独り上を目指していたことは、知っていた。

「私も負けてはいられません。石渡さん。私もすぐに追いついてみせます」

このまま、ノホホンと役所勤めをしている場合ではない。家庭局での仕事が一段落した時、嘉子は裁判官になるため、積極的に法務府のお偉方たちに交渉した。

そして、ついに……。

「和田嘉子。東京地方裁判所・民事部に、配属する」

東京地裁の判事補に、任用されたのである。

裁判官となったのだ。

時に、昭和二十四年八月。石渡に遅れること四カ月であった。

「石渡さん。初めまして。和田嘉子と申します」

嘉子は、石渡に初めて面会し、敬意を込めて挨拶をした。石渡は笑顔で、

「あなたが和田嘉子さんね。あなたの名は、戦前から存じています。お互い『女性裁判官の草分け』として、ともに手を携えて尽力しましょう」

と、握手を求めた。

「はい。是非とも！」

嘉子は、心強い味方をここでも得られた、と実感した。

「ようやく到達できた」

嘉子は、歓喜の心で、これからの仕事に胸を弾ませていた。

しかし、嘉子の苦労は、むしろ、ここからだった。

戦前から法曹界で裁判を司《つかさど》っていた古株の法律家たちは、新しい裁判制度になかなか付いてこられなかった。

と言うより、戦前の自分の仕事に未《いま》だ誇りを持っていたので、その遣り方を否定する

ような戦後の裁判制度を、不快に感じていたのだ。「付いてこられない」と言うより付いていこうとせず、非協力的だったのだ。

そのためもあって、家庭裁判所を設立した心有る者たちは、各地の人材育成のために奔走し、この時期になってなお、ゴタゴタしていた。

その間にも、犯罪は起こる。

浮浪児となった戦災孤児たちは、まともな保護も受けられず、生きるために窃盗や強盗に走り、ますます凶悪化していった。

その一方で、一般の人々の中にも大きな問題が起きていた。覚醒剤の横行である。

当時、覚醒剤は一般に「ヒロポン」と呼ばれていた。これは某製薬会社が「疲労回復」を謳《うた》って売り出したのが始めである。しかし、これは紛うかたなき覚醒剤であって、さまざまな製薬会社が追随して、同じような品を出した。覚醒剤は「ヒロポン」の通称で、闇市などではもちろん、普通の薬局でも、誰でも当たり前に簡単に買えるようになっていた。値段も安価で、ヒロポン一本は安い焼酎コップ一杯分とも言われた。

「覚せい剤取締法」がようやく成立したのは、昭和二十六年である。つまりは、昭和二十年代前半は、覚醒剤が街中で、日常的に使われていたわけだ。当然、中毒患者も広まり、中にはマトモな判断力を失った結果、犯罪に走る者も多かった。

各地の家庭裁判所は、設備はもとより人材も十分でない状態で、次から次へと犯罪者の審査に追われていたわけである。

こんな状況下にあって、嘉子はどうしていたか。

じつは、裁判官としての仕事を、なかなか回してもらえなかったのだ。残虐な強盗殺人。扱う裁判には〝家庭裁判〟でありながらも、凶悪犯罪も多かった。女性を強姦《ごうかん》する性犯罪。

「こんな酷い事件を、女性裁判官に審査させるのは、酷な話ではないか」

各地方裁判所は、親切のつもりからか、女性裁判官の登用を避ける傾向が強かった。本心では、日本法曹界で初の女性裁判官の手腕は未知数であり、信じ切れない。——ということでもあったらしい。

嘉子はジリジリした。

「確かに私は女だ。女は男に比べて凄惨《せいさん》な場面に正面から向き合える度胸がない。——と、一般には思われている。事実、そうかも知れない。

けれど、私は裁判官だ。

裁判官たるもの、それが審査する事件ならば、どれほど血塗《ちまみ》れの壮絶な状況でも、どれほど羞恥《しゅうち》したくなる強姦の状況でも、眼を背けずに、しっかりと見定める。そして、感情をはさまず偏見を持たず、どこまでも公平な判決をくだす」

嘉子には、それだけの覚悟は、すでに出来ているのだ。

「凶悪な犯罪を犯した戦災孤児にでも、同情を優先させない。罰するべきは罰する。けれども、それは戦災孤児たちを抹殺するという意味ではない。彼らに罪の重さを分からせて更正させるためだ。

そうした裁判には、むしろ『母性を持つ女』のほうが、慈愛のある正確な裁判ができるのではないか。いや、できるはずだ」

嘉子は、各地方裁判所での自分の扱いに、憤懣《ふんまん》やる方なし、といった気分でモンモンと過ごしながらも、たまに回ってくる裁判に、懸命に挑んだ。

そんな中、嘉子の力量と志をよく理解してくれる先輩が現れた。

近藤完爾《こんどうかんじ》というベテランの裁判長である。

「和田さん。初めに言っておくことが、あります」

初めて嘉子に話しかけてきた近藤は、真剣な顔で、こう続けた。

「あなたは女性です。しかし、少なくとも僕は、あなたを特別扱いしません。必要とあれば、どんなに惨《むご》い犯罪でも、男性裁判官同様、あなたに任せます」

嘉子は、この言葉に感激した。

「ありがとうございますっ」

思わず、礼を述べた。

「え」

近藤は、嘉子の礼の意味が、瞬間分からなかった。

「私は、これまで周りの方々に、良くも悪くも『女として特別扱い』されてきました。女の裁判官を煙たがる方々や、女だといって惨い犯罪の裁判を任せてくださらない方。やはり、女である私は、男性の方々に軽んじられていたのです。甘やかされていた、とも言えるかも知れません。でも、軽んじるのも甘やかすのも、相手を『一人前の人間』として見てくれないのは一緒です。

でも、近藤先生は、私を『一人の裁判官』として見てくださると、おっしゃった。私は、近藤先生の下でなら、どんな裁判にも誠心誠意、立ち向かえます」

近藤は、嘉子のキラキラした眼を見て、感心した。

近藤としては〝甘え根性〟のあるであろう女性裁判官に、「女だからといって甘えるな」と、釘《くぎ》を刺すつもりだったのである。ところが、そんな〝甘え根性〟は、嘉子には初めからなかったのである。

それでいて、嘉子はいつもニコニコしている。変に気負ってギスギスした様子も、ない。

「この人物は、良い裁判官になる」

近藤は、確信した。

それからというもの、近藤の指示で、嘉子は、どんな惨《むご》い裁判でも、それを裁く立場に置いてもらえた。

当初は「まだ経験不足だから」という理由で、一つの裁判に三人の裁判官が付く、という「合議制」のシステムが取り入れられ、そのうちの一人として嘉子は使われた。

そこでも嘉子は、弁護側・検察側の両方の話をよく聞き、どんな残虐な犯罪でも正面から原因を突き止め、どこまでも公平な判決を下した。残る二人の裁判官には、

「和田さんはすごい。女性なのに、まったく情に流されない」

と、尊敬する者が多かった。

やがて経験を積むと、単独で裁判を任されるようになっていった。

「女裁判官が、独りで判決を下す……か。こいつは見ものだな」

心ない周囲の男たちは、相も変わらず嘉子を見下し、その裁判を興味本位で傍聴した。

それでも、嘉子の下す公正な判決に、周りの者は、最後は感心するばかりだった。

嘉子は、判決を下した後で、いつも被告人に、こんな言葉を掛けていた。

「あなたは、大きな罪を犯しました。けれど世の中は、そんなあなたを永久に追い出そうとしたり、酷《ひど》い仕打ちをしたりはしません。

あなたが、刑務所で反省しながら、きちんとした日々を過ごして、お勤めを終えたな

らば、きっとあなたの新しい場所を、世の中は用意してくれます。今は、ひたすら被害者の方への謝罪の心を持つことですよ」

冷やかし半分で傍聴していた他の裁判官たちは、すっかり、自らの軽薄さを反省した。

「検察側も弁護側も、両方が納得している。被告人まで、自らの罪を素直に認めた。あまつさえ、判決後に被告人へ切々と語った和田さんの優しい思いやりある言葉には、残虐な被告人が涙を流して、頭《こうべ》を垂れている。

これが、女性裁判官の力なのか」

近藤のおかげで、裁判所で遺憾なく実力を発揮できるようになった嘉子は、誰からも敬われ、慕われるようになっていった。

嘉子は、救いを求める者を、文字通り〝身体を張って〟できる限り、救おうとした。

だからこそ、被告人に裁判で情を掛けることは、一切なかった。

被告人に、自らの罪と正面から向き合うよう促すことが、被告人にとって、もっとも更正に近い道だと、確信していたからだ。

そんな嘉子の人柄を別の角度から伝える、ちょっとしたエピソードがある。

昭和二十五年。新人の裁判官を迎えての歓迎会が、東京地方裁判所の庁舎で開かれた。

もちろん嘉子も参加した。新人たちから見れば、嘉子はちょっぴり先輩である。

ところが一人の新人裁判官が、どうしたわけか悪酔いしてしまい、立ち上がることもできないほどフラフラになってしまった。顔面は冷や汗でビッショリである。

宴席が終わると、先輩の裁判官たちはサッサと、部屋を出ていってしまう。中には、出る時に、

「なんだ。この程度の酒で、だらしない」

と、からかうような言葉を掛けて去っていく者もいた。

けれど、嘉子は最後まで残っていた。

その悪酔いした新人に、優しく水を飲ませると、

「私の背中に負ぶさりなさいな」

と、笑顔で彼の身体を背にした。

嘉子は、やはり並の男に比べれば小さい。ましてや、悪酔いした彼は長身のほうである。

しかし、嘉子は頑強で、彼の両腕を自分の両肩にしっかり乗せると、半ば引き摺《ず》るようにして彼を連れて出た。そして、日比谷の街を、そのまま歩き、彼を送ってやった。

周囲の人々から見れば、さぞかし滑稽な姿だったろう。でも、嘉子は一切気に留めなかった。

やがて、嘉子の背中の温かさに、酔いが覚めてきた新人は、

「まことに済みませんでした。面目次第もございません」

と、照れながら嘉子に深々と礼を言った。

嘉子は、

「気にすること、ないわよ。お酒の席では、よくあることよ」

と、少し肩で息しながらも、相も変わらず満面の笑みで返事した。彼を責めるような言葉も説教じみた言葉も、一言も発しなかった。

この時の新人裁判官は、生涯、この日の嘉子に対する感謝の念を忘れなかったという。

そんなこんなで、昭和二十三年から二年間ほどは、良き先輩にも恵まれ、嘉子は充実した日々を、送っていた。

ところが、昭和二十五年の五月。

嘉子に、大変な辞令が出た。

「和田嘉子。アメリカ行きを命ず」

第八章　アメリカを知り

家に帰った嘉子は、家族に、さっそく辞令の話をした。誰もが、驚愕《きょうがく》で口をポカンと開けたままだった。

「アメリカッ？」

「そ、それは、御国からの正式な辞令なのですか」

「ええ」

嘉子は、悪戯《いたずら》っぽくニコニコしている。

「でも、いったいどうして、日本の裁判官の姉様が、アメリカに行かねばならんのです？」

嘉子は、膝を正して真剣な顔をした。

「視察です。現代裁判の先進国であるアメリカに渡って、直接『家庭裁判所』の正しい姿を学ぶのです。この視察の渡米には、三人の裁判官が指名されました。そのうちの一人に、私が選ばれたのです」

「ああ。なるほど」

家族たちは、ようやく納得し、そして安堵《あんど》した。

「それで、いったいどのくらいの期間なのですか?」

生き残っていた弟の一番上である輝彦が、不安げに聞いた。

「そうね。半年くらいだというお話だったわ」

「半年っ。それは……長いですね」

皆が顔を見合わせた。

「暮らし向きは、大丈夫よ。渡米中も、私のお給金は、家の口座に振り込まれるから」

「いえ。おカネのことではなく……。姉様が半年もこの家にいないのは、ずいぶんと寂しいですよ」

弟たちはすっかり一人前に成人している。けれど、やはり心のどこかで、いつも嘉子を頼っていた。

この時、一人息子の芳武が、口を開いた。芳武は、母親の嘉子と叔父たちの話を横で聞いていて、嘉子にまた何か起こった、と感付いたのだ。

「お母様。また、別のカイシャに行くのですか。そこは、お泊まりのカイシャなのですか」

芳武はこの年、七歳。小学二年生である。

嘉子は芳武を一度抱くと、芳武の眼をまっすぐに見つめて、少し自分の眼に涙をにじませながら、諭すように言った。

「そうなの。芳武ちゃん。お母様は、新しいカイシャに行かなければいけないの。でも、これはとっても大切なお仕事なのよ。たくさんの人のためになる、お仕事だから。その代わり、お母様は何日も何日も家に帰ってこられないの。これから来る夏が終わって秋の終わり頃になるまで、帰ってこられないのよ」

「へえ」

芳武は、顔色一つ変えず、簡単に一言だけ返事した。

「芳武ちゃん。お母様がいなくても、寂しくて泣いたりしないでね」

「平気です。叔父様たちがいますから」

芳武は、小二なりに状況を理解した上で、平然と答えた。これには、嘉子のほうが拍子抜けし、少しガッカリしてしまった。

そういえば、つい最近、芳武が高価なレインコートを無くしてしまったことがあった。嘉子は、その迂闊《うかつ》さが許せなくて、

「どこで無くしたのっ。場所をお言い」

と、芳武を詰問した。芳武のほうは、まるで覚えていない。それで、その急場しのぎ

に、

「確か、公園です」

と、適当な返事をした。嘉子は、

「物は大切にしなければ、いけません」

と、強く言い含めた。

その場はそれで収まった。ところが、小田急線の駅の係員から、

「レインコートをお預かりしています」

という連絡が入ったのだ。レインコートには、名前も住所もちゃんと書いてあった。

電車内で忘れたのだ。

これを聞いた嘉子は逆上し、芳武を強烈に怒鳴りつけた。

「嘘《うそ》をお言いだったのね。嘘をつくのは、もっとも恥ずべきことです！」

芳武もさすがに反省して、

「ごめんなさい。もう嘘はつきません」

と、平謝りに謝った。

普段、他人にはいつも笑顔で優しく接する嘉子も、こと我が子のこととなると、感情的になってしまう。この辺は、普通の母親だ。

——と、そんなことが、つい最近にあったのである。

嘉子は、

「あの時、そうとう厳しく怒ったから、芳武ったら『うるさい母親がいなくなって、清々する』とでも、思っているのかしら」

と、急に不安に襲われた。

「芳武ちゃん。お母様のことは好き？」

嘉子は、芳武の両肩をつかんで、すがるように聞いた。芳武は、キョトンとして、何を今更、とでも言いたげに、

「好きですよ」

と、簡単に答えた。その顔色一つ変えない、ごく当たり前のような反応に、嘉子はようやく安堵した。

結局、芳武は、同居していた輝彦の家庭が預かることとなった。

こうして、武藤家でちょっとした騒ぎのあった後、嘉子は、日本を後にした。

横浜港から船に乗った嘉子たちは、船旅ののちニューヨークに着いた。

高層ビルが立ち並び、自動車が引っ切りなしに走るニューヨークの街。戦前の東京などとは比べものにならないほどの雑踏と活気に、嘉子たちはまず驚いた。

「これじゃあ、負けるわけだ」

同行人の一人が、ため息をついて、つぶやいた。皆、同じように思った。

「なんで、これほどの国相手に戦争など仕掛けたのか。戦争など仕掛けなければ、多くの人が死なずに済んだのに……」

嘉子の心に、あの優しく微笑《ほほえ》んだ芳夫の顔が浮かんだ。思わず涙が一筋、流れた。

「ニューヨークの家庭裁判所は、米国の家庭裁判所でも一、二を争う、立派な施設です。私たちは、当面そこに滞在します」

案内役が、説明した。

ニューヨークの家庭裁判所に着くと、簡単な全体説明を受けた後、各部署に直接向かった。どの部署でも歓迎してくれて、仕事の内容を詳しく具体的に、指導してくれた。

嘉子が感心したのは、調査官の数の多さである。一つの事件について、何人もの調査官が当たる。その誰もが有能なのは、実際に見学して初めて実感した。

「人材の数も能力も、日本とは桁違いだわ。これだけの人間がいなければ、本当に公平で正しい裁判はできないのかしら」

嘉子は、日本の家庭裁判所の実態に、少しの絶望感を抱いた。

「いえ。でも、こんなことで気圧《けお》されていては、日本の裁判はいつまでも、良いものにならない。とにかく学べるものは学び尽くさなければ」

ニューヨークの家庭裁判所では、有能な医師が常駐している。しかも、精神分析の医療技術さえ採用されていて、被疑者の管理はもちろん心のケアまで、しっかりしている。

「被疑者の人間性や人権を、きちんと尊重している。家庭裁判所では、さまざまな理由でやむなく犯罪に走った、弱い立場の女性や子供も、審査する。そうした者たちのためには、これだけの医療体制が必要なのだわ」

嘉子は、社会的に弱い立場の人々を守るという、法律家を目指した初心を、今更のように思い返した。

ニューヨークの家庭裁判所では二十六日間、滞在した。派遣団のメンバーは、それぞれが裁判所の各現場で、懸命に学んだ。

「アメリカの家庭裁判所は、ここだけではありません」

そう言う案内役によって、嘉子たちは、さらにワシントン、シカゴ、ロサンゼルスの家庭裁判所も回った。どこも、ニューヨークの家庭裁判所に負けず劣らず、人材、施設、警察や病院などとの連携、どれもが完成したシステムだった。

どの裁判所でも、嘉子が注目した点が、もう一点ある。

多くの女性裁判官が、テキパキと裁判を仕切っていることである。彼女たちは任された裁判の進行でリーダーシップを取り、男性の職員たちも彼女たちを尊敬して、懸命にその指示に従っていた。

「やはり法律家は、女性でも努力次第で、男性以上に立派に働ける」

嘉子に、自信がみなぎった。

その一方で、案内役からニューヨークの家庭裁判所の、とある女性裁判官について、こんな話を聞いた。

「あの方は、裁判費用のために自発的に募金活動もしているんですよ。より正しい、きめ細かな裁判をするため、その費用の負担を一般の人々にも頼んでいるんです」

嘉子は、この話に感嘆した。

女性裁判官が地元のために、進んで社会事業にも助力する。そんなことは、この頃の嘉子には想像もできないことだった。

「裁判官は、社会正義と、全ての人々の安全を公平に守るための仕事。それすなわち、人々と直結している仕事なんだ」

これまで、裁判所という場所だけで務めを果たせば良い。——と思っていた嘉子は、この〝発見〟に共感し、それまでの自分を恥ずかしくさえ思った。

このアメリカでの視察は、合計で八十日に及んだ。行き帰りの航路の時間を含めれば、やはり約半年である。

「すばらしい収穫だった」

嘉子は、帰りの船便の中で、アメリカ現地で取ったメモを整理し、自分なりにレポートをまとめた。それは、女性裁判官ならではの視点で、まとめたものである。

「これは、ほかの女性法律家たちのためにも、きっと役に立つ」

視察要員として選ばれた三人の裁判官のうち、女性は嘉子だけだったのである。

横浜港に着くと、三人の弟と息子の芳武が、出迎えに来てくれていた。嘉子は、家族の顔を見て、ようやく肩の力が抜けた。皆と再会できたことが、ただただ嬉《うれ》しかった。

「お母様」

芳武が、誰より早く駆け寄って、嘉子に抱きついた。その力が、思いのほか強かったので、嘉子は驚いた。芳武は、嘉子の身体に顔をうずめて、しばらく動かなかった。

「芳武ちゃんは、本当に良い子で留守番していたのですよ」

芳武を預かっていた輝彦が、ニコニコして嘉子に語った。

「まあ、そうだったの。芳武ちゃん。本当に偉い子ね」

嘉子は、芳武を抱きしめた。芳武は、少し恥ずかしそうな顔をした。

じつは、芳武は、嘉子のいない間、寂しくて、しょっちゅう学校をさぼっては外で遊び回っていたのである。芳武としては、とにかく身体を動かすことで、母親のいない寂しさを紛らわせたかったのだ。

そんな芳武を、輝彦は黙って見守っていた。輝彦にも、嘉子のいない寂しさが、ずっとあった。まだ小二の芳武ならば、その寂しさは、さぞや大きなものだろう。――と、察してくれていたのである。

嘉子が出発する時には平然としていた芳武も、やはり、いざ母親がずっと不在となる現実に放り出されると、自分でも思ってもみなかったほどの寂しさが、伸《の》し掛かってきたのである。男の子とは、そうしたものだ。

さて、帰国して程なくの頃である。

「和田さん。GHQから呼び出しです」

電話を受け取った職員が、受話器を持ったまま嘉子に声を掛けた。

「はい」

嘉子はすぐに、受話器を受け取った。が、GHQからの呼び出しとは、内容が想像も付かない。

「もしもし。和田でございます」

GHQには、日本語が堪能な者も多い。電話では大抵、日本語で接してくれる。内容は、近日、日比谷のGHQ庁舎に直接訪ねて来るように。――とのことだった。

「いったい何かしら」

電話の主は、具体的な内容は話してくれなかった。ただ、指定の日時に来い、というだけである。

当日、日比谷のGHQ庁舎に向かって歩いていくと、すぐ前方に何やら懐かしい背中が見える。嘉子はすぐに誰だかを察した。

「愛さんっ」

嘉子は大声で声を掛けた。相手は振り向くなり、

「嘉子さんっ」

と、反応した。あの司法試験同時合格者の一人、久米愛である。

「わーっ。お久しぶりー」

「本当に。ここ数年、ゆっくりお会いする機会なんか、なかったものね」

「あなたも、GHQに？」

「ええ。いったい何かしらね」

と、さらに、そこに一人の婦人が駆け寄ってきた。

「わーっ。お二人とも久しぶりー」

司法試験に同時合格した、もう一人。中田正子である。

「正子さん。あなたまで、呼ばれたの？　だって、あなたは今、鳥取で弁護士をなさっているんでしょう」

互いの消息は、年賀状などで連絡し合っている。

「ええ。はるばる日比谷まで。疲れちゃったわ」

三人は、楽しげに笑い合った。三人で過ごした日々が、懐かしく思い出された。

すると、後ろからもう一人、静々と近づいてくる婦人がいた。嘉子は気配に気づくなり、

「石渡さんっ」

と、驚き、すぐに頭を下げた。

「石渡って……。あの女性裁判官第一号の……」

「ええ。そうよ」

嘉子が、なぜか自慢げに答える。

「お、お初にお目にかかります」

久米も中田も、恐縮して頭を下げた。

「あなたたちお三方は、当時の新聞で存じ上げておりましてよ。どうやら、我が国の女性法律家たちが、全員集められたようね。とにかく急ぎましょう」

その、どこか優雅な物言いに、嘉子は、

「やっぱり、明治中頃生まれの方は、どこか違うわ」

と、妙に感心した。

石渡を先頭に、四人はGHQ庁舎の門をくぐった。受付が、四人の名前をたどたどしい日本語で確認すると、

「こちらです」

と、大きな部屋に通された。

そこには、数人の女性たちが椅子に座って、誰かを待っている。

「ああ。和田さん。お久しぶり」

後ろに座っていた女性が、軽く会釈してきた。いかにも眼光が鋭い。門上《かどがみ》チエ子《こ》。嘉子や石渡が裁判官になったのと同じに、日本初の女性検事となった人物である。

「門上さん。お久しぶりです」

嘉子はペコリと会釈を返した。そして、一番後ろの列の椅子に腰掛けた。さすがは皆、健気な女性法律家たち。来た順番に、前から席を埋めていったようだ。

「私たち、ビリだったみたいね」

久米が、ちょっとおかしげに、嘉子に耳打ちした。

嘉子は、後ろから他の女性たちの背中を、グルリと見回した。背中だけで誰だか分かる。

「皆、顔馴染《かおなじ》みだわ。石渡さんのお話から察するに、日本の女性法律家は、本当にこれだけなのね。いかにも少ない」

嘉子は今更ながら、法曹界の男性の優越を、思い知らされた。

やがて、通訳を従えて一人のアメリカ人女性が、部屋に入ってきた。

彼女は、壇上の机の前にスックと立った。その威風堂々たる姿に、皆、圧倒された。

ただ、石渡だけが、その姿に負けず、堂々と正面を向いたままだった。

彼女が英語で語りだすと、通訳がほぼ同時に日本語に訳して、流暢《りゅうちょう》に話を伝えてくれた。慣れたものである。

「皆さん。今日はお集まりいただき、たいへんにありがとうございます。お集まりの皆さんは、すでにご承知のとおり、この国の女性法律家の方々です。戦争が終わって五年余り。よくぞ、これだけの女性法律家が誕生したものですね。じつにすばらしいことです」

皆が、笑顔になった。しかし嘉子は、通訳の言葉を素直に受け取れなかった。

アメリカを視察してきた嘉子は、アメリカの女性法律家の実態を知っている。その数と有能さは、自分たちが束になっても敵《かな》うまい。

嫌みか。リップサービスか。

どうにも邪推してしまう。

「申し遅れましたが、私はメアリー・イースタリングといいます。弁護士です。

アメリカでは、女性の法律家たちが共同で団体を作って、さまざまな情報交換や裁判での証拠集めなどに、協力しています。この動きは、とても有意義なものです。そこで、私からの提案ですが、この国でも女性法律家の団体を作っては、いかがでしょうか」

皆、この話にざわついた。眼をキラキラさせて何度もうなずく者もいれば、下を向いて考え込む者もいた。

この時点では、どの女性法律家も自分の仕事だけで手一杯なのだ。団体と言っても、具体的に何が出来るか、誰も見当も付かない。

この時、石渡が手を挙げ、発言の許可を求めた。

「すばらしいご提案です。私たち日本の女性法律家は、いかにも少ない。少ないからこそ、互いに助け合い、この日本法曹界で女性の声を上げるべきと存じます。そのための団体は、ぜひとも必要です」

何人かが拍手した。嘉子は、押し黙ったままだった。

「いずれにせよ、GHQの提案は命令と同義だ。今の日本で逆らうことは許されない。しかし、この提案に、とくに反対する意味も、見出せない」

こう思った嘉子も、賛成に回ることにした。

「ありがとう。では、もし他のご提案やご意見がなければ、日本女性法律家の団体をぜひとも立ち上げましょう」

イースタリングは、強い語調で言った。それは、半ば「命令」にも聞こえた。

かくして、昭和二十五年九月。「日本婦人法律家協会」が、設立された。

とは言っても、初回の会合で参加したのは、わずか九人である。

「まずは、会長を決めなければいけません」

石渡が、司会進行を務めた。

「どなたか、立候補なさる方はいらっしゃいませんか」

若い一人が、挙手した。

「でしたら、石渡さんにやっていただくのが、良いかと思います」

「それは、私が最年長だからですか？」

石渡が、フフフと、珍しく含み笑いをして見せた。

「いえ。そうしたわけでは……」

推薦した若い者は、しどろもどろである。いつの時代も、女性は年齢を過度に気にする。

石渡が真剣な顔に戻り、こう言った。

「私は、和田さんを推薦いたします。なんとなれば、この中で、実際のアメリカの法曹界を視察してきたのは、和田さんだけです」

皆が、

「ほお」

「ああ、そうね。言われてみれば……」

と、石渡に賛同の意を示した。

すると、嘉子は立ち上がり、

「ありがたいお言葉ですが、私は辞退させていただきます」

と、キッパリ言い切った。

「なぜ？」

石渡を始め、皆が不思議そうな顔をした。

嘉子は、静かに答えた。

「確かに、私はアメリカ法曹界を、この眼で見てきました。そして、我が国の女性法律家たちとの違いを、まざまざと見せつけられたのです。

彼女たちは、潑溂《はつらつ》と、堂々と、仕事をしておりました。

私がもし会長を引き受けてしまったら、私はきっと、一刻も早くアメリカの女性法律家たちに追いつこうと、無茶な活動を皆様に強いるでしょう。皆様の現実のお仕事にさえ、口を出すでしょう。

私は、そういう人間です。いざ激情的になると、理性でいくら分かっていても、心にブレーキが掛からないのです。

私が会長になったら、きっと皆様とのせっかくの団結に、ヒビを入れてしまいます」

嘉子は、顔を真っ赤にして語った。自らの欠点を曝《さら》すのは、やはり恥ずかしい。けれど、会のためには言わねばならないと、強く決意したのだ。

石渡は、さすがに嘉子の言葉を、よく理解してくれた。これ以上、強いて嘉子を説得しようとしなかった。

「分かりました。では、会長は別の方に頼みましょう。和田さんは、どなたがよろしいと思われますか」

「はい。私は、久米さんを推薦いたします」

久米は、いきなり自分の名が出たので驚いた。確かに彼女は、弁護士活動を地道に続けてはいるが、嘉子のような経歴の派手さはない。

「久米さんはこんにちまで、地道に着実に弁護士活動を続けられ、十分なご経験もあります。私たちの大半の母校である明治大では短期大学の教授も務められています。まさしく、これからの女性法律家を目指す若い方々の、良き模範となる方です。久米さんならば必ずや、この会を立派に、そして末長く、導いてくださいます」

久米は、しばし考えた。

嘉子が真剣に、ここまで言ってくれるのを無下にはできない。それに、確かに自分の経歴には、それなりの自信がある。

「ほかに、立候補や推薦の方は、おられますか」

石渡が、ぐるりと皆を見回した。皆、嘉子の言葉に、十分納得している様子だった。

「久米さん。お引き受け願えますか」

石渡が、優しい言葉の響きで聞いた。

「もし皆様のご賛同をいただけるなら、誠心誠意、務めさせていただきます」

久米は立ち上がると、少し恥ずかしそうに答えた。とたんに、満場の拍手が響いた。

「あの……」

久米が、少し言いづらそうに言葉を添えた。

「私が会長になるに当たって、一つお願いがあります」

「何でしょう」

石渡が、落ち着いて問うた。

「副会長は、和田さんに引き受けていただきたいのです」

今度は、嘉子が驚いた。しかし、久米の下でならば、やれそうな気がする。

「はい。私などで、よければ」

「ありがとう。嘉子さん」

久米は、心底安心したように礼を言った。またも、満場の拍手が起こった。

ちなみに、久米は以降、二十六年間も会長職を務めることになる。まさしく、地道に長く、務めを果たした。また、のちには、あの市川房枝《いちかわふさえ》とともに、より幅広く日本女性の社会進出や女性の権利擁護のため、活動をリードし続けた。

さて、話を戻す。

久米が嘉子と相談して第一に行ったのは、会を「国際婦人法律家連盟」に加盟させることだった。連盟の本部はアメリカにある。

程なく、久米は「日本婦人法律家協会」の代表として、アメリカへ女性法律家の視察に出かけた。会の皆は、笑顔で見送った。

なお、「日本婦人法律家協会」は「日本女性法律家協会」と名を変え、こんにち（令和五年度現在）も、広く活動を行っている。

昭和二十七年。

嘉子は、名古屋へ転勤が決まった。

「次の転勤先は、日本国内ですからね。アメリカ行きの時よりも、気が楽ですよ。何かあれば、電話一本で連絡できますし」

末の弟の泰夫は、嘉子がアメリカに行った時の不安を思い出し、むしろ安堵していた。

「ところで、芳武君はどうするのですか」

芳武はこの時、九歳である。

「芳武の気持ちに任せようと思うの。連れていくとなれば、遠い名古屋に転校になるし……。今の学校の友達たちと別れたくもないでしょうから」

芳武も、もう九歳。ある程度の嘉子の事情は、理解している。

「芳武ちゃん。お母様は、次に名古屋という所に、行かなければならないの。お引っ越しよ。叔父様たちとも、しばらくお別れになるんだけど……。

芳武ちゃんは、どうしたい？　お母様と一緒にお引っ越しする？　それとも、叔父様とまた暮らしてもいいのよ」

芳武は、嘉子の憂い顔を見つめながら黙って話を聞いていたが、話が終わった途端、

「僕も、お母様と一緒にお引っ越しする」

と、はっきり言った。

芳武としては、嘉子が、かつて半年間アメリカに出ていた時の寂しさが、ずっと心の傷になっていたのだ。

また母親と離れたくない。それが、芳武の本心だった。

「そうっ」

嘉子は、嬉しさのあまり満面の笑みで大声を出した。嘉子の弟たちも、さもありなん、と十分に納得した。

嘉子と芳武が母子二人、名古屋に越したのは、この年の十二月。師走《しわす》の気ぜわしい時である。

名古屋の駅前に着くと、ビルの電光ニュースに、

「女性裁判官。名古屋に赴任」

という言葉が流れていた。嘉子は、喜ぶより先に、少し残念な気になった。

「名古屋が、私を歓迎してくださる。それはありがたい。でも『女性裁判官』が来たというのが、ニュースになるのね。それだけ、女性法律家は、まだまだこの国では、珍しいのだわ」

嘉子は、自分が〝見世物〟になったような気さえ、した。

名古屋地方裁判所の仕事は、忙しかった。早朝から夜遅くまで、嘉子は家にいないことが多かった。

嘉子母子にとって、何よりも幸運だったのは、新居で雇った住み込みの若い家政婦が、とても善人だったことである。

彼女は、まめまめしくよく働いてくれ、芳武が独り学校から帰ってきた時も、いつもおやつを用意してくれていた。芳武もすっかり懐いて、元気に名古屋生活を送れた。

その家政婦は名を郁子《いくこ》という。嘉子も芳武も、いつも、

「郁子さん。郁子さん」

と、何かと遠慮なく頼りにした。

郁子は、嘉子をとても尊敬していた。

まだ昭和二十年代後半。なんだかんだで、まだまだ男性優位の時代である。そんな時代に、裁判官としてテキパキ働いていた嘉子が、郁子にはまぶしいほどに見えていたのだ。嘉子と郁子は、家庭内で良いコンビだった。

「芳武に、寂しい想《おも》いをさせたくない」

嘉子は、名古屋地方裁判所の職員慰安旅行には、特別に許可をもらって、芳武を連れていった。行き先は、北海道の裁判所の寮である。

男性職員たちは、職員旅行に小学生の子供が同行することに、少しとまどった。宴会で大騒ぎすることも、何か、はばかられる。

けれど、芳武は利発な子だった。職員たちとうまく距離を保ち、可愛《かわい》い元気な男の子であることを、自ら〝演じ〟た。おかげで、皆から可愛がられた。

名古屋の赴任は、三年半に及んだ。大きな事件もなく、郁子や名古屋地方裁判所の職員たちに温かく見送られて、母子は東京に帰った。

第九章　三淵嘉子として

嘉子が名古屋から東京に戻ったのは、昭和三十一年の五月である。

「姉様。お帰りなさい」

弟たちは、わずか三年半の別れだったのに、泣かんばかりに再会を喜んだ。

「芳武君も、大きくなったね」

武藤家が久しぶりに賑《にぎ》やかになった。

嘉子は早速、東京地方裁判所の職に戻った。そして裁判官として、それまで以上に懸命に働いた。

だが、完璧な人間などいない。

嘉子が東京に戻って、程なくのことである。彼女が担当した裁判で、たいへんな事件が起こった。

ある裁判が終わった時のことだ。

一息ついて洗面所に向かった嘉子は、いきなり、

「許せない！」

という叫び声を背後に聞いた。と思う間もなく、ギラリと閃《ひらめ》く刃物が、嘉子に向かって襲いかかってきた。

刃物を握っていたのは、老婆である。

ヨロヨロした足許《あしもと》で、それでも両手に刃物を握り、ひどい憎しみの形相で嘉子を睨《にら》みつけている。

〝本当の憎しみの眼〟を向けられるなど、そうそう普通の人間にはなかろう。嘉子は、その眼を見るなりゾッとした恐怖に駆られた。

騒ぎを聞きつけて、男性職員たちが走り寄ってきた。すぐさま老婆から刃物を奪い取ると、老婆はその場に座り込み、

「わーっ」

と、泣き崩れた。

嘉子が落ち着きを取り戻して、その老婆の顔をよく見ると、先ほど終えたばかりの裁判の、原告側の当事者である。

老婆は、職員たちにすぐに連れ出された。嘉子は独り、ポツネンと立ち尽くした。

「あの裁判……」

嘉子としては、公平に法に照らして、判決を下したつもりだった。だが、老婆としては、その判決が、憎むべき被告側に有利な判決と感じ取られたのだろう。

「裁判官は、あんな酷《ひど》い人間の味方をしたのか」

老婆としては、嘉子の判決が決して公平には思えなかったのだ。

それにしても、裁判所に刃物を隠し持って入ってくるとは異常である。老婆はきっと、判決に至るまでの何回かの裁判手続きで、嘉子に対し徐々に憎しみを募らせ、ついに判決当日のこの日に、決行に至ったのだ。

この事件は、すぐに裁判所内に広まった。老婆は、もちろん殺人未遂で逮捕された。

「災難でしたね。和田さん」

先輩の裁判官が、席で憔悴《しょうすい》し切っている嘉子に、同情するように声を掛けた。

「裁判で、被告側と原告側の双方が納得する判決など、そうそう出せませんよ。ましてや、相手は法律の素人です。

こうした事件が時折起こるのも、止《や》むなしですよ」

先輩の話は、よく理解できる。

嘉子は、多少救われた気がした。それでも、あの老婆の憎しみの形相が、頭から離れなかった。

「私は、裁判官として不適格なのでしょうか」

嘉子は、か細い声でつぶやいた。先輩は、すぐに大きな声で反論した。

「とんでもないっ。和田さんほど有能な裁判官は、そうはいません。それでも、やはり裁判は、負けたほうが不満を持ち、裁判官への恨みも持つものです。

それに耐え、どこまでも法を遵守《じゅんしゅ》するのが、裁判官の宿命です」

嘉子は、部屋の天井を見上げた。

これまで数多くの判決を、裁判官として下してきた。その都度、裁判に負けた側からは恨み憎しみを受けたことも、数あったのだろう。考えてみれば、なんと因果な仕事なのか。

「それでも……」

それでも、私は法律家になったことを、悔いはしない。裁判という文明の形によって、社会的に弱い人や虐げられた人を救うために。

「ありがとうございました。眼が覚めました」

嘉子は、立ち上がると先輩に深々と頭を下げた。先輩も、ホッと安心したようで、

「それで結構です。お互い、これからも法の番人として精進しましょう」

と、ニコリと笑った。

東京へ戻ってから、嘉子は家族のほかに、大きな癒しを得た。

仕事が終わって判事室を出る頃を見計らって、ちょくちょく訪ねてくる紳士がいたのだ。

「和田さん、お帰りですか。途中までご一緒しませんか」

その紳士は、細身のわりに体格がよく、スーツをきっちりと着こなした、いかにも英国紳士風の人物だ。

この男性が、心密《ひそ》かに嘉子を好いていることは、周囲の誰もが気づいていた。当の嘉子も、明らかにこの男に好意を寄せていて、二度に一度は、二人並んで帰っていった。

嘉子の身を案じた部下の一人が、思い余って先輩に聞いた。

「あの紳士は、何者ですか？」

先輩は、事も無げに教えてくれた。

「ああ。あの方は最高裁の調査官だよ。名前は確か……三淵乾太《けんた》郎《ろう》さんといったな。頑固だがご立派な方だと聞いているよ」

「へえ」

「年齢は五十だったと聞いたな。和田さんより九つ年上の勘定になるんじゃないか」

「お独りの身なのですか」

「ああ。昨年に奥様を亡くされてね」

ここまでお膳立てが揃《そろ》うと、二人は再婚するだろう。――と、皆が思った。

しかし、当の三淵のほうは、なかなか再婚話を切り出さない。三淵の同僚が、いいかげんジリジリして、

「君はなぜ、東京地裁の和田女史に結婚を申し込まないのだね」

と。聞いた。すると、

「あのような立派なご婦人が、僕の嫁になってくれるとは思えませんよ」

と、いかにも自信無さそうに答える。

「君は頑固なくせに、女性相手だと気が弱くなるな」

と、同僚はあきれて、話を打ち切った。

三淵としては、周囲から、

「いったい、いつプロポーズするんだ」

と、ヤキモキされている空気を感じている。そもそも妻の没後、嘉子のことを知って彼女に心奪われたのは、自分なのである。

東京地裁に出向くたび、嘉子に声を掛けた。嘉子のほうは、そのたびに優しく接してくれている。

「しかし、和田さんのあの優しさが、僕への好意からではなく、彼女の博愛精神から来

ているのだとしたら……。僕は特別扱いされているわけではない、ということになる」

こうして迷いに迷った末、三淵はとうとう、嘉子への結婚の申し込みを決意した。

「振られたら、それまでのこと。ウジウジしているほうが、よっぽど『和田さんにふさわしい男』とは、言えまい」

そこで、ある時に三淵は、東京地裁の廊下で嘉子に、

「和田さんに、私の個人的なことでお話ししたいことがあるのです。お時間は、和田さんのご都合に合わせますので」

と、強い語調で言い切った。五十の男が、ハラハラドキドキでの告白である。

それを聞いた嘉子は、少しだけ笑うと、あらためて真面目な顔をして頭を下げ、

「ふつつかものですが、末長くよろしくお願い申し上げます」

と、静かに答えた。

嘉子のほうは、三淵の気持ちをずっと前から分かっていたのだ。

「えっ。では僕と結婚を」

「はい」

こんなにアッサリと決まったプロポーズは、そうそうあるまい。

かくして、嘉子は昭和三十一年八月、式を挙げた。前夫の和田芳夫が亡くなって、十年の月日が経《た》っていた。

嘉子は、和田姓から三淵姓に変えた。しかし、息子の芳武は、和田姓のままで通した。別に特別な反発心などからではない。芳武は、ことのほか記憶力が良い少年だったのだ。

わずか二歳の時、出征前に頭を撫で抱いてくれた実父の温《ぬく》もり。三歳の時、実父の死が知らされ、狂わんばかりに泣き崩れた母の姿。おぼろげなそれらの記憶を、忘れたくなかった。そして「和田姓」を持ち続けることが、それらの記憶を心に残してくれるような気がしたのである。

この年、芳武は十三歳。麻布中学の二年生だった。

一方、三淵は、亡くなった前妻とのあいだに、四人の子を儲《もう》けていた。那珂《なか》・奈津《なつ》・麻都《まつ》そして末っ子の力《ちから》。三人娘と一人の男子である。この四人にとっては、嘉子は「継母《ままはは》」ということになる。

嘉子が芳武を連れて三淵の家に入った頃、長女の那珂は、すでに結婚し、家を出ていた。

この年、残っていた次女の奈津は二十一歳。三女の麻都は十八歳。末っ子の力は十四歳。これに芳武が加わって、三淵家は四人の子供となった。

嘉子は、三淵の三人の子に歓迎され、三淵家は和気あいあいとした、賑やかな家庭となった。

……というわけには、行かなかったのである。

亡くなった三淵の前妻は、良妻賢母の穏やかな人だった。対して、嘉子は少々頑固で激情家。二人は人間性が、あまりに違いすぎた。家を出ていた那珂を含めて、三人の娘は、嘉子にかなりの反発心を持っていた。とにかく反りが合わなかったのである。

それでも、嘉子は自分なりの家庭観に、絶対の自信があった。三人の娘たちの反発に対して、歩み寄るどころか、徹底的にぶつかった。

「嘉子さん。お食事は静かに取るのが、作法ではありませんか」

娘たちは、嘉子を「母」と呼んでくれない。

「そんなことは、ありません。食事は家族が揃って楽しくいただく団欒《だんらん》の場です。色々な話をし、皆で笑い合いながら食べてこそ、家族の食事というものです」

「そんなっ。それではお行儀が悪いではありませんか」

「家族のあいだでお行儀ばかり考えていたら、堅苦しくなるでしょう。そんなの、御通夜の席みたいじゃありませんか」

「御通夜っ。嘉子さんは、我が家の長年の慣習を、御通夜とおっしゃるのですか！」

こんな調子で、互いがムキになり、双方絶対に引かない。

とくに激しくぶつかり合ったのが、長女の那珂である。すでに家を出ているというのに、何かにつけ実家へ戻ってきては、家の様子に難癖を付ける。時には、嘉子と電話を通して怒鳴り合うこともあった。

那珂の嫁入り先は裁判官の家だったから、それぞれの家は比較的裕福だった。それで、当時はまだ珍しい家庭の固定電話を、両家では引いていたのである。

「母様。そろそろお止めなさいな。電話代もバカになりませんよ」

適当なところで、芳武があいだを取り持って、二人の怒鳴り合いを止めさせる。嘉子は、息子にそう諭され、ブツブツ言いながら受話器を置く。

けれど、実の息子が相手の肩を持ったような気がして、腹の虫がおさまらない。

「おまえを産んだのは私だよ。戦争中は、おまえを飢えさせないために、どれほど私が苦労したと、思ってるの！」

などと、とんでもない昔話を言い出す始末である。

芳武はバツグンに記憶力がいいから、おぼろげながら二歳の頃の疎開中のことを、覚えている。嘉子の言うことが、まったくの事実だったことは分かる。

「はい。今でも感謝しています」

芳武は落ち着き、澄ました顔で、嘉子に礼を言った。

芳武に、こうもアッサリ引かれては、嘉子としても引かないわけにいかない。座敷に戻る後ろ姿からも不満気な様子が、はっきりと感じられた。

「やれやれ」

芳武が大人びて、こうつぶやく。すると、三淵家の末っ子で長男の力が、芳武に語りかけてきた。力は、芳武より一つ上である。

「大したものだな、君の母様は」

力は、クスクス笑っていた。

「しかし、僕は君の母様が好きだよ。こう言っては不遜だが、あんなことでムキになるところなんか、なんだか可愛《かわい》らしいくらいじゃないか」

力も、なかなか大人である。嘉子と姉のぶつかり合いが、なにやら子供同士で駄々をこね合っているように見えるのだ。

「ありがとう。兄様」

芳武は、素直に礼の言葉を述べた。

この二人は、男同士、仲が良かった。

嘉子は、再婚後にはそれまで以上に仕事に熱を入れた。三淵家に帰るのも、むしろ実家にいた時より遅かった。

三淵家は、有能な家政婦を雇っていたので、嘉子もその家政婦をとても信頼していた。

だから、家庭のことは一切、その家政婦に任せていた。

それが、功を奏したのだろう。家の中で、嘉子と娘たちが喧嘩《けんか》する数は、徐々に減っていった。もしも嘉子が専業主婦になって、一日中、家にいたら、さぞかし三淵家は大騒動の連続だったろう。

さて、一方の三淵は、と言うと、再婚してからは娘たちにも嘉子にも、強く叱責したり、愚痴を言ったりすることは、まったくなかった。ただ、平然と過ごしていた。

三淵は心から嘉子を愛していたし、信頼していた。加えて、彼自身が英国紳士風の穏やかな人間だったので、

「まあ、そのうち何とかなるだろう」

と、悠々と構えていた。その態度が、嘉子には、

「旦那様は、いつも私の味方だわ」

と、勝手に思えていた。

おかげで、夫婦仲はじつに睦まじくも穏やかだった。二人だけの時は、嘉子は甲斐甲斐《かいがい》しく三淵の世話をする半面、甘えて、三淵の肩にもたれ掛かったりもした。

こうして十六年が過ぎた。

次女の奈津も、三女の麻都も、すでに嫁に行った。嘉子は二人の嫁入りには、たいへ

んな力を入れて、立派に送り出した。

そして残った二人の男の子、芳武も力も立派な青年に育った。この頃の嘉子は、すっかり肩の荷が下りた気がして、日々を三淵とゆったりと過ごした。

とは言え、三淵はこの時期の年齢は嘉子より八つ上。六十代も半ば過ぎで、少々衰えていた。しかし嘉子は、三淵の世話をしているだけの家での暮らしに、とても満足だった。

たまに嘉子の友人が遊びに来ると、三淵を孤独にさせないため無理矢理に三淵を席に呼んで、友と夫婦、三人で仲良く語り合った。

昭和四十七年六月。

嘉子は、新潟家庭裁判所の所長に抜擢《ばってき》された。我が国初の、女性裁判所長である。

新潟の地方新聞からインタビューを受けた嘉子は、

「そもそも男性だけが裁判所を司《つかさど》るのは、間違いなのです。女性裁判官の視点もあってこそ、公平な裁判ができるのです」

と、大いに語った。法律家を目指した少女時代以来の、嘉子の信条である。

「僕のことは心配ないから、行っておいで」

三淵は、当時としては老体ながらも、嘉子を快く新潟に送り出した。嘉子には、その時の三淵の笑顔が支えになっていた。

時には、無理を押して三淵が新潟まで陣中見舞いに来てくれたことも、あった。三淵の笑顔を見た嘉子は、

「この人と再婚して、本当に良かった」

と、しみじみ感じた。また、力も結婚後に夫婦揃ってやって来てくれて、

「母さん。新潟のフグを食べに来ましたよ」

と、冗談めかして笑顔で語った。力は、芳武同様に、すっかり嘉子の息子になっていた。

嘉子は、家庭裁判所長の仕事の傍ら、講演会も積極的に行った。頼まれれば、テレビ出演もした。

「新潟の人たちに『法律が皆さんを守っているんだ』と、伝えたい」

嘉子は、東京を懐かしむ暇もないほどに、懸命に所長職を務めた。その奮闘ぶりは、新潟家庭裁判所の職員すべてから尊敬され、慕われた。

嘉子は、職員たちにこう伝えた。

「地方裁判所と私たちの家庭裁判所は、持ち分が違うのよ。もし地方裁判所が、こちらの案件に口を出してきたら、決然と抗議することです。私たちは、犯罪者を断罪するよ

りも、新潟の弱い立場の人々を守ることが、第一の使命なのだから」

言うまでもなく、地方裁判所は、民事事件（私人同士の争い）と刑事事件（社会的犯罪）を取り扱い、対して家庭裁判所は、家事事件（家庭内のトラブル）と少年事件を取り扱う。

微妙に似通った事件も存在するが、家庭裁判所は飽くまでも弱い者の味方であるべきだ。——というのが、嘉子の法律家人生の信念なのである。

嘉子は、こうして一年四カ月、新潟に在任した。新潟を去る時、新潟の多くの人々に別れを惜しまれた。

昭和四十八年十一月。

嘉子は、埼玉の浦和家庭裁判所の所長を務めた。在任期間は、四年二カ月だった。

嘉子はここでも、職員たちに慕われ、懸命に仕事に尽力した。

昭和五十三年一月。

嘉子は、神奈川の横浜家庭裁判所の所長となった。

家庭裁判所と地方裁判所の裁判官は、六十五歳が定年退官である。

「私も、定年まであと一年と十カ月。おそらく、この横浜家庭裁判所が最後の職場になるだろう」

嘉子は、あらためて決意した。

「退官までの日々を、一日たりとも無駄に過ごすまい。できることは、何でもやってやる」

嘉子は、ここで更に、新しいチャレンジに突き進んだ。

　嘉子が、横浜で始めたのは、裁判所の環境改善である。

　それまで薄暗かった壁を、明るい白に塗り替えさせた。そして、昼休みには廊下に穏やかな音楽を流し、職員だけでなく午後の調停に来ている人々の心をも和ませた。

一方で、現実的な処置もした。調停室で片方（大抵は男）が感情的になって、もう片方に暴力を振るおうとする場合を考え、各調停室に防犯ベルを設置した。この処置によって、離婚調停に来た夫婦などが、かえって冷静に話し合えるようになった。

職員たちは誰もが、前例のない嘉子の改革に驚き、感心した。

嘉子は、こうした点において「良き独裁者」だったと言えるだろう。

そして、昭和五十四年十一月。

嘉子の退官の日が来た。

嘉子は、当日の午前中一杯、仕事をした。そして、すべてを片づけ終えて、所長室をそっと出た。

当日は、多くの人々が別れの挨拶に来た。職員たちと記念撮影をすると、迎えの車に乗り込んだ。

涙が出た。次から次へと大粒の涙が流れる。さまざまな思い出がよみがえった。

けれど、しばらく車が走った頃には、その涙は止まっていた。

「退官しても、肩書きがなくなっても、私は法律家だ。まだまだできることはあるわ」

こうして在野の人となっても、嘉子は活発に動いた。

退官一カ月後には「男女平等問題専門家会議」の座長に就いた。この団体は、労働省の管轄である。

この団体をリードし、嘉子がまとめた報告書は、のちに「男女雇用機会均等法」に生かされている。

そのほかにも、嘉子はさまざまな団体の委員や理事などを務めている。請われれば何でも引き受け、潑剌《はつらつ》とした活動や発言をした。

若い者や中堅どころのメンバーまで、皆が、そんな嘉子に付いていった。その訳は、彼女のハキハキした言動と、そして意外にも、老いてなお、丸顔にえくぼを浮かべる愛《あい》嬌《きょう》ある笑顔に魅かれたからであろう。

六十代後半になって、それでも嘉子は、〝少女の頃〟と変わらぬ心だったのだ。

夫の三淵も、歳《とし》相応に元気だった。二人の老夫婦は、新婚当初と変わらず仲睦まじく、映画や美術館の鑑賞などに出かけた。

しかし、時は平等である。

昭和五十八年二月。

「最近、肩や首が凝って仕方がないの。去年あたりまでは、これほど酷《ひど》くなかったのに……」

嘉子は、体が衰えてきたのを、はっきり感じた。三淵に、すがるように愚痴をこぼした。

三淵はインテリで、年老いてなお物事を適当に考えることはしない人だった。

「おまえも歳を取ったからな」

などと、簡単には片づけなかった。積極的に、病院に行かせた。

同年四月。

「癌《がん》の可能性あり」と宣告された。

それからは、入退院を繰り返す日々となる。

自分が重病人であることを、嘉子は、心のどこかで否定したかった。

退院している時は、無理をして美容院にも行った。だが、あとから来る身体の辛《つら》さに、後悔した。

この頃、息子の芳武は立派に成長し、医学博士となっている。医学のプロとして母親の病気のことは、すべて分かっていた。

「芳武。私がこの世で一番信用するお医者様は、おまえだよ。私の身体のこと、どんなことでもはっきり、おまえの口から聞かせておくれ」

芳武は、病院の入院ベッドに横たわる嘉子から、切々と説かれた。

芳武は、しばしの心の葛藤の末、静かに答えた。

「母様は、癌です。身体中に転移もあって、もはや助からないでしょう」

芳武は、嘉子の眼をはっきり見つめて答えた。嘉子は、ただ、

「そう」

とだけ答えた。

女性の病人の看病は、やはり女性のほうが、よく気がつく。とくに嘉子に寄り添って、何かと面倒を見たのは、三女の麻都だった。

「麻都さん。ラーメンが食べたいわ。買ってきてちょうだい」

末期癌の患者に、ラーメンは無理である。しかし、嘉子は、

「食べられそうなの。食べたいわ」

と、駄々をこねる。

麻都が、少しでも食べられれば、とサッパリした麺だけのラーメンを用意した。すると、嘉子はそれを見るなり、

「こんなの『素ラーメン』じゃないの。滋養が取れないわよ」

と、また駄々をこねる。けれど麻都は、そんなふうに我儘《わがまま》を言ってくれる嘉子に、感謝した。

「私たち、ここに来て、ようやく『本当の母娘』になれたわね」

と、悲しみの中に、ほんの小さな喜びを見出《みいだ》した。

それからも病状は、悪化の一途をたどった。とにかく二十四時間、痛みと苦しみが身体を襲う。嘉子はもう、すでに最期の覚悟を決めていた。それでも、一日でも長く生きようという気持ちを捨てる気は、なかった。

年が明けて、昭和五十九年。

冬が去り春が来ても、嘉子はなお、生きていた。しかし、意識はほとんどない。ただ、身体の激痛のあまり、小さな唸《うな》り声を時折あげるだけだった。

同年四月二十日。酸素呼吸器を着けたが、意識はほとんどなくなっていた。

そして、五月二十八日。

「もう無理です。酸素呼吸器を外しても、よいですか」

担当医が、聞いた。枕元にいたのは、三淵家の次女の奈津と、その夫だけだった。奈津の夫は、必死に懇願した。

「もう少し。もう少し。芳武君が来るまで持たせてください。最期の別れを、実の息子と果たさせてください」

医師は黙って頷《うなず》くと、懸命に人工呼吸を施した。医師が胸を押すと、意識のない嘉子の身体が、激しく波打つ。

「母様!」

芳武が、病室に飛び込んできた。芳武は嘉子の手を、ギュッと握った。

「もう、よろしいですね」

医師が、芳武と奈津夫婦に聞いた。

三人は「はい」と、互いの顔を見ずに答えた。

医師は、人工呼吸器を外した。

昭和五十九年五月二十八日。三淵嘉子、死去。享年六十九。

芳武は、亡くなった嘉子の頭を撫でながら、切ない小さな声で、歌い出した。

「ここはァ　御国を　何百里ィ……」

芳武の幼い頃、嘉子がよく歌っていたあの歌だ。芳武から嘉子への、長い時を経た母子の最後を彩る贈り物だった。

同年六月二十三日。青山葬儀場にて、嘉子の葬儀と告別式が執り行われた。参列者は、二千人近くに上った。

戦後の法曹界をリードした女性・三淵嘉子。我が国の法曹界に名を残す女傑であった。

最後に、ちょっとした嘉子のエピソードを一つ。

嘉子は、多趣味な女性でもあった。法律家になってのちも、仕事の合間には、写真撮影、映画館通い、そしてゴルフなども楽しんだ。

そして、麻雀《マージャン》が好きだった。

ある日、知人の二人と、嘉子と芳武。四人、自宅で雀卓《ジャンたく》を囲んだ。ほのぼのとした家庭麻雀……と思いきや、嘉子は真剣そのものだった。

配牌《はいパイ》が良かった。

「これは狙える」

嘉子は、高い手を得ようと必死になった。ところが、次々と出す捨牌《すてハイ》から、その狙いが、三人には丸分かりだったのである。

知人の二人は、接待麻雀の要領で気を遣いながら、勝負を進めた。ところが、

「もう少し……」

と嘉子が凱歌《がいか》を上げかけたところで、

「ロンです」

と、芳武が、牌を倒した。見ると、とんでもない安手である。

嘉子は、怒りの余り、

「この親不孝もの！」

と、怒鳴った。芳武は、

「勝負は勝負ですよ」

と、ニヤニヤしている。

「私がおまえを育てるのに、どれだけ苦労したか、お分かりかいっ」

無茶苦茶である。冷静さのカケラもない。

嘉子には、そんな一面もあったのだ。

お茶目でおきゃんな、子供心もずっと持ちえていた人でもあった。

主な参考文献

・清永聡『家庭裁判所物語』日本評論社
・三淵嘉子さんの追想文集刊行会 編『追想のひと三淵嘉子』三淵嘉子さん追想文集刊行会
・佐賀千恵美『華やぐ女たち　女性法曹のあけぼの』金壽堂出版

その他、戦後法曹界資料などを多数参照しました。

三淵嘉子《みぶちよしこ》 日本初《にほんはつ》の女性弁護士《じょせいべんごし》 朝日文庫

2024年3月30日 第1刷発行
2024年8月10日 第3刷発行

著　者　長尾《ながお》 剛《たけし》

発行者　宇都宮健太朗
発行所　朝日新聞出版
〒104-8011 東京都中央区築地5-3-2
電話 03-5541-8832(編集)
03-5540-7793(販売)
印刷製本　大日本印刷株式会社

ISBN978-4-02-262094-1